À La Vie À La Mort

JACQUES PRINCE

Commander ce livre en ligne à www.trafford.com
Ou par courriel à orders@trafford.com

La plupart de nos titres sont aussi disponibles dans les librairies en ligne majeures.

Imprimé à États-Unis d'Amérique.

ISBN: 978-1-4269-7154-9 (sc)
ISBN: 978-1-4269-7153-2 (hc)
ISBN: 978-1-4269-7155-6 (e)

Library of Congress Control Number: 2011909280

Trafford rev. 06/28/2011

www.trafford.com

Amérique du Nord & international
sans frais: 1 888 232 4444 (États-Unis et Canada)
téléphone: 250 383 6864 • télécopieur: 812 355 4082

Le 30 décembre 2008

Notre histoire est pour le moins, je peux dire, peu commune. Elles étaient deux jeunes femmes munies d'une amitié inséparable qui durait déjà depuis leur jeune adolescence. Elles s'étaient dites l'une pour l'autre; 'À la vie, à la mort, à jamais et pour toujours, rien ne pourra briser notre amitié.' L'une d'elles aux cheveux noirs et à la peau très blanche ayant de beaux seins ronds, fermes qui en mettaient plein la vue et plein la main ou devrais-je plutôt dire, plein les mains. Elle est de ma grandeur, mince sans être maigre, une personne très agréable à tenir dans mes bras. Je suis tombé follement amoureux d'elle un soir où nous dansions tendrement enlacés. Elle tout comme moi se foutait totalement du reste du monde. La musique douce nous envahissait totalement au point presque que nous pouvions sans aucun doute faire l'amour juste là au milieu de tous sur le plancher de danse. Je ne m'étais jamais senti aussi épris de toute ma vie. À ma grande surprise lorsqu'elle a ouvert la bouche, moi qui m'attendais à quelque chose comme (chez-toi ou chez-moi) elle a plutôt dit;

"Il te faudra faire danser mon amie aussi." Je lui ai répondu sans hésiter. "Mais je ne veux que toi, je ne veux danser qu'avec toi. Je veux faire l'amour qu'avec toi. Je voudrais vivre et tout faire qu'avec toi." "Tu ne sais pas de quoi tu parles. Tu me connais à peine." "Peut-être bien, mais je sais ce que je veux dans la vie et surtout je sais comment je veux qu'elle soit et ça je l'ai trouvé en toi." "J'apprécie ce que tu dis, mais donnes-toi du temps et en attendant fais danser mon amie." "Alors ce n'est que pour te faire plaisir. Quel est son nom?" "Elle se nomme Jeannine !" "Et que fait-elle dans la vie à part bien sûr être ta meilleure amie?" "Elle est infirmière à l'hôtel Dieu." "Et toi tu ne m'as pas dit ce que tu fais?" "La même chose au même endroit." "Intéressant ! Est-ce que vous travaillez les mêmes heures?" "Pas toujours." "Très bien alors, présente-la-moi." "Allons-y."

La foule était très dense et nous avons dû marcher jusqu'à leur table en poussant l'un et l'autre sur notre chemin.

"Pour tout dire j'aimerais beaucoup plus t'emmener dans mon lit que de danser avec ton amie." "Attends, tu verras. On a tout le temps, la soirée est jeune. On a eu que quelques danses."

Une fois rendu à leur table, je me suis cru dans un rêve quelconque. Je faisais face à ce moment précis au plus beau spécimen de femme sur terre. La plus jolie des blondes qui existe. Les deux sont à peu près de la même taille, mais d'un contraste inouï. Son amie était assise avec un homme un peu plus âgé, homme qu'elle nous a présenté sans tarder.

"Salut Danielle. Tu as l'air de bien t'amuser? Laisse-moi te présenter Jean. Il est camionneur et il voyage à travers le pays." "Enchantée Jean." "Lui a dit Danielle en lui donnant la main.

"Je sais que tu connais mon frère." "Oui ! Oui je le connais bien."

Je lui ai donc donné la main aussi. "Salut !"

"Jeannine, j'ai un très gentil jeune homme à te présenter moi aussi. Je ne sais pas encore ce qu'il fait dans la vie, mais je peux te dire que c'est un danseur extraordinaire et il faut absolument que tu danses avec lui. Il peut danser n'importe quoi. Jeannine je te présente Jacques."

"Non, non je suis au contraire très ordinaire. Salut Jeannine, je suis enchanté." "Très enchantée."

Répliqua-t-elle en me serrant et retenant la main d'une façon chaleureuse et peu ordinaire. Je me suis pour un instant sentis un peu mal alaise, puisque qu'il y a à peine quelques minutes je venais de dire à qui je crois être la femme de ma vie que je l'aimais.

Qui aurait pu pressentir une telle chose? Non pas que je me sente en amour également avec Jeannine, mais sûrement je me sentais ébloui par sa beauté. Jeannine s'est levée et elle a demandé à Danielle de l'accompagner aux chambres des femmes.

"Où as-tu déniché ce phénomène?" "Oh, il était là-bas accoté sur le mur attendant, je suppose qu'une belle fille lui souri. Il m'a paru très gentil, alors je lui ai souri et je me suis retrouvée dans ses bras. Je crois bien que je l'aime et que c'est réciproque." "Tu viens tout juste de le rencontrer. Je ne peux pas te blâmer, j'avoue qu'il est très attirant." "Tu trouves ça toi aussi? D'ordinaire tu n'as pas les mêmes goûts que moi." "D'ordinaire tes rencontres sont bien ordinaires." "C'est vrai que Jacques est spécial.

Que fais-tu de Jean?" "Quel Jean?" "Celui qui est à notre table, avec qui tu étais assise." " Oh, celui-là, il est ennuyant. Il faut que tu m'en débarrasses. Il ne sait pas danser et puis il serait toujours parti. Puis, je n'aime pas tellement voyager en gros camion." "Voici ce que nous ferons. Tu vas danser avec Jacques et rester sur le plancher de danse aussi longtemps que possible. Moi, je vais rester assise avec Jean et bailler aux corneilles jusqu'à ce qu'il s'ennuie assez pour foutre le camp. Ça te va?" "Ça semble être un bon plan, mais ça va être ennuyant pour toi aussi." "Qu'est-ce qu'on ne ferait pas pour sa meilleure amie, hin? Ramène-moi Jacques en un seul morceau, c'est tout ce que je te demande." "OK."

Durant ce temps je m'ennuyais à en mourir avec Jean qui n'avait d'autre conversation que la route, les camions et les livraisons exécutées à temps et combien cela était important. Un vrai petit monde pour un homme qui parcoure le pays tout entier. Je ne pensais qu'à une seule chose et ça c'était de me retrouver de nouveau dans les bras de Danielle.

L'attente faisait l'effet d'une douche froide après la séance si intense que je venais de connaître avec elle. Jean venait de passer je ne sais combien de temps avec l'une des plus belles femmes du monde et tout ce qu'il avait en tête était son mosusse de camion. Pas étonnant que Jeannine a cherché à s'en débarrasser.

Je souhaitais seulement qu'il ne me cause pas la perte d'un temps précieux avec Danielle. Me voilà soudain très soulagé quand je les vois revenir à leur table alors que je commençais à craindre qu'elles ne reviennent plus à cause de lui.

"Vous voilà vous deux. Je commençais presque à désespérer." "Ha ! Ha ! Il faut savoir attendre." "C'est vrai Danielle, surtout si l'on est certain que ce qu'on attend reviendra." "Ne crains rien Jacques, quand on a trouvé un bon filon, il faut le garder précieusement. Je pense en avoir trouvé un ce soir." "Ha oui ! Puises-tu avoir raison, car je pense aussi avoir trouvé un trésor dont je ne voudrais me passer trop longtemps." "Jacques, tu vas me faire le plaisir de faire danser mon amie maintenant." "Tu es sûre de ce que tu fais, je pourrais peut-être y prendre goût tu sais?" "Je l'espère bien Jacques, elle est ma meilleure amie."

À ce moment-là j'ai eu un frisson de frayeur. Je me suis senti un peu, pas mal troublé par ce qu'elle venait de dire. Plusieurs questions me passaient par la tête. Veut-elle déjà se débarrasser de moi alors qu'elle a semblé si bien dans mes bras? Veut-elle me tester en me jetant dans les bras de son amie, une aussi belle femme? Veut-elle se distancer de moi parce qu'elle est elle-même intéressée à quelqu'un d'autre?

Je l'ai regardé intensément en me demandant si je ne faisais pas mieux de tout simplement refuser sa demande. Mais comment peut-on refuser à celle qu'on aime quoique ce soit en si peu de temps? Il y avait presque une supplication dans sa voix et puis Jeannine semblait impatiente de se retrouver sur le plancher de danse avec moi.

Peut-être bien que Jeannine voulait tout simplement s'éloigner de sa compagnie, le camionneur. Peut-être était-elle aussi intéressée à moi d'une façon charnelle, me rappelant la manière dont elle a retenu ma main un peu plus tôt. Il y avait bien une chose que je savais et ça c'est que je n'avais pas beaucoup de temps pour une réponse à toutes mes questions. Que faire?

J'ai dit ; à tantôt Danielle, puis j'ai pris Jeannine par la main et je l'ai entraîné sur le plancher de danse un peu contraint, je dois le dire. L'orchestre jouait un cha-cha, une musique qui me met très vite dans l'ambiance. Nous l'avons dansé à fond de train ainsi que la pièce suivante qui était un rock and roll très rapide.

"Wow ! Danielle a raison, tu sais danser." "Ha oui, un peu. Vaudrait mieux aller s'asseoir un peu pour retrouver notre souffle." "Il en n'est pas question à moins que tu sois souffrant." "Je vais bien, mais je ne voudrais pas que Danielle pense que je l'ai déjà abandonné surtout pour une aussi jolie femme qui est en plus sa meilleure amie. Ce n'est pas que ce soit très désagréable, mais es-tu toujours aussi collante?" "Il y a longtemps que je n'ai pas eu le goût de me coller à quelqu'un comme ça."

"Tu n'as seulement qu'une heure de retard et cela aurait peut-être été différent si je t'avais rencontré la première. Je dois te l'avouer, tu es plaisante et très jolie, mais j'aime Danielle."

Une mambo suivie et je lui ai demandé si elle savait danser cette danse tout en espérant que sa réponse eut été négative.

"Bien sûr, c'est ma danse préférée." "Pas de chance alors, c'est aussi la mienne."

Il y en avait très peu sur le plancher qui dansait et seulement un autre couple qui faisait vraiment la mambo. Les gens tout autour nous regardaient, je l'ai bien vu que c'était avec envie et c'était visible a l'œil nu. Aussitôt que la musique eut pris fin, ils nous ont applaudi au point presque que cela en était gênant. Jeannine s'est jetée à mon coup et elle m'a serré très fort dans ses bras en me disant qu'elle n'a pas pu danser comme ça depuis la dernière fois qu'elle l'a fait avec son prof de danse, il y a six ans passés.

Elle était vêtue d'une très jolie robe blanche aux boutons rouges et des souliers de la même couleur. J'ai pensé à ce moment-là qu'il me serait possible de tomber en amour avec elle aussi. Elle avait un joli bronzage, un très beau tint et des cheveux dorés aux yeux d'un beau bleu. Elle pourrait j'en suis sûr faire rêver des milliers d'hommes. Ses seins son un peu plus petits que ceux de Danielle, mais très fermes et pointants vers le haut. Son postérieur n'est ni trop gros, ni trop petit et elle a une taille à en faire rêver tous les modèles de haute couture du monde. C'est à se demander comment il se fait qu'une aussi jolie jeune femme soit encore célibataire alors que des milliers d'hommes voudraient en faire leur épouse.

Il serait pénible pour moi de danser un slow avec elle sans être tenté de mettre mes mains sur ses fesses. Parlant de slow les musiciens ont décidé que c'était le temps de nous en jouer un et c'est un des plus sentimental. Perdu dans mes pensées et dans mes observations pour celle qui m'accompagnait sur le plancher, j'en suis presque arrivé à oublier celle que j'aime. J'en ai ressentis malgré moi un peu de honte.

"Jeannine, Il faut que je rejoigne Danielle maintenant." "Il en n'est pas question, pas avant d'avoir terminé ce beau slow, puis Danielle va nous rejoindre aussitôt qu'elle se sera débarrassée du niaiseux qui est à notre table." "Je ne comprends pas, s'il vous déplaît tant, vous n'avez qu'à lui dire de s'éloigner." "Ce n'est pas aussi simple que ça, il est l'ami de son frère." "Ha ! Je vois, elle se sent obligée. Mais si je comprends bien, vous deux vous avez tout combiné."

Le temps a filé et je me vis coincé entre ses bras et entouré d'une centaine de personnes entrelacées sur la piste de danse.

De tout son corps et avec fermeté Jeannine se collait à moi comme une ventouse et j'ai décidé de lui donner un petit aperçu de ce que ça pourrait être entre nous deux si c'était possible. Elle a pris une de mes mains et elle l'a descendu sur son fessier qui m'a semblé enflammé. J'ai senti mon membre gonfler et je me suis retrouvé en sueur ce qui me rendait passablement inconfortable. À l'instant même où j'allais la repousser légèrement Danielle se joignait à nous.

"Ça va vous deux? Vous avez l'air bien, j'en suis heureuse."

Elle a mis ses bras autour de nous deux, puis elle m'a enlacé par derrière et nous avons terminer la danse à trois.

Non seulement Danielle se serrait contre moi, mais elle pressait aussi Jeannine vers moi me coinçant fiévreusement entre ces deux paires de seins magnifiques. Croyez-moi, ça réchauffe son homme.

Finalement nous arrivions à la fin de cette superbe soirée de danse qui demeure pour moi la plus mémorable de toute ma vie. Cependant ce n'était pas encore pour moi la fin de mes sueurs. Je ne craignais pas tellement pour ma santé sachant très bien que j'étais entre bonnes mains. Je suis un homme assez robuste et dans une excellante forme physique, néanmoins je me posais toujours un tas de questions.

Que cherchaient vraiment ces deux jolies demoiselles? Pour commencer sont-elles célibataires ou sont-elles mariées? La réalité n'est pas toujours ce que les gens disent. Qu'elles soient infirmières ça, je n'ai eu aucun problème à le croire. C'était très évident aussi qu'elles étaient deux très grandes amies, mais sont-elles plus que des amies? Deux personnes du même sexe ce n'est pas très rare de nos jours et la même chose va pour les personnes bissexuelles. De mon expérience les jeunes femmes regardent surtout pour des hommes plus grands, ce qui n'est pas mon cas. Je n'ai jamais eu de complexes à ce sujet, puisqu'il n'y a pas grand chose que les grands font que je ne puisse pas faire. En fait, j'ai connu des centaines de femmes qui ont épousé des grands hommes parce qu'ils étaient beaux et grands et qui ont pleuré amèrement. La beauté et la grandeur d'un homme ou d'une femme n'est pas garant du bonheur. Les femmes surtout devraient se souvenir de ça.

Il faut que je cesse de me questionner je me suis dis soudainement. Il me faut vivre ce bonheur si court ou si long soit-il. Je ne savais toujours pas ce qu'elles avaient en tête pour le reste de la nuit. Je savais cependant que je vivais un rêve et que cela serait le rêve de milliers d'hommes.

“Que faisons-nous à partir d'ici Danielle?” “Toi, as-tu une idée?” “Tout ce que je sais c'est que je ne suis pas prêt à te dire bonne nuit.” “Moi non plus Jacques !”

'Moi non plus !' S'exclama Jeannine. "Qu'est-ce qu'on fait alors?" "Jeannine et moi nous avons un grand appartement, de quoi boire et de quoi manger, si tu veux nous t'invitons." "Moi j'ai une maison avec trois chambres à coucher, un sauna et un bain tourbillon. Alors que faisons-nous?" "Nous t'avons invité en premier, est-ce que tu viens?" "Pas juste là, mais je suis sûr que je viendrai. Comment pourrais-je refuser une aussi belle invitation? Bien sûr que je viens, je vous suis. Ne conduisez pas trop vite, je ne veux pas vous perdre de vue.

Danielle, tu devrais me donnez ton adresse et ton numéro de téléphone juste au cas qu'il arrive quelque chose. On ne sait jamais, tu sais?" "C'est vrai, mais je pense que jusqu'à présent le hasard a bien fait les choses." "C'est vrai, je te l'accorde." "Tiens voilà. À tantôt !"

Les deux m'ont donné un câlin inoubliable suivi d'un baiser et je me suis dirigé vers mon véhicule sans perdre de temps. Elles se sont rendues à leur auto aussi et elles m'ont semblé en discussion profonde dès leur départ. Sans hésiter j'ai démarré et j'ai conduit ma voiture derrière la leur. Elles ont pris la route et je les ai suivi. Elles semblaient toujours en grande discussion et je me demandais si elles n'allaient pas se disputer à mon sujet. La pire chose qui pourrait arriver en ce qui me concerne c'est que l'une d'elle fasse une crise de jalousie. C'est très possible je me suis dis, mais encore là, je me pose trop de questions. Advienne que pourra, j'irai jusqu'au bout de cette aventure.

Entre temps dans l'autre voiture il se passait des choses.

"Jeannine, tu n'as jamais aimé les garçons qui m'intéressaient ou qui s'intéressaient à moi." "C'est vrai, mais tu n'as jamais connu quelqu'un comme celui-là. Il est très gentil et poli, il s'habille bien, il danse superbement bien, il a une voiture neuve, ce qui veut dire aussi qu'il a sûrement un bon travail." "Tu oublies qu'il a aussi une maison. Il m'a semblé être un homme avec une force plus grande que l'ordinaire. As-tu remarqué ça toi aussi?" "C'est sûr que lorsqu'on danse dans ses bras on a l'impression d'être bien tenu sans avoir peur de tomber. C'est vrai ce que tu dis, il est spécial celui-là." "Tu sembles l'aimer beaucoup, mais je sais que je pourrai l'aimer aussi."

"Une chose est certaine c'est que je ne veux pas de compétition entre nous ni de jalousie. Il n'y en a jamais eu et il ne faut pas que ça commence ce soir." "Danielle quoiqu'il arrive, tu seras toujours ma meilleure amie." "Toi aussi Jeannine." "Qu'allons-nous faire alors?" "Qu'avons-nous fait ce soir?" "Nous, nous le sommes partagés." "Ce n'était pas si mal, qu'en penses-tu?" "C'était superbe." "Cela n'a pas eu l'air de lui déplaire non plus." "Il était plutôt retissant à demeurer avec moi sur la piste de danse, surtout au début." "Qu'est-il arrivé par la suite?" "Je l'ai retenu comme tu me l'avais demandé." "Coquine ! Cela ne t'a pas été trop difficile." "Cela a probablement été la plus agréable mission que tu m'aies confiée. Il se faisait du souci à ton sujet. Je crois même qu'il est très épris de toi. J'ai eu du mal à le retenir, tu sais? Je crois qu'il a dansé avec moi pour te faire une faveur et il avait peur que ça te déplaise. Est-ce qu'on continu à se le partager?" "Oui ! Je ferais tout pour toi et tu ferais tout pour moi, pourquoi pas? On verra ce qu'il en dira, d'accord?"

Les deux se sont donné la main haute d'un commun accord. Je les ai suivi dans un stationnement souterrain d'un immeuble à condos et j'ai stationné ma voiture tout près de leur auto où c'était indiqué ; invités seulement. Elles m'ont donné un autre câlin chaleureux, joyeuses je le sentais de ma présence.

'Viens Jacques.' M'a dit Danielle. L'une de chaque côté de moi en prenant, Danielle le bras droit et Jeannine le bras gauche. "Nous allons prendre l'ascenseur qui mène au sixième étage."

C'était évident que ce n'étaient pas des filles dans la misère. Tout en montant dans l'ascenseur l'une et l'autre me cajolaient. Nous étions tout fin seuls étant à une heure tardive au milieu de la nuit. C'était évident aussi qu'elles ne m'avaient pas invité seulement que pour une tasse de thé. Mais quoiqu'il arrive, je me sentais en forme pour toutes éventualités. L'une comme l'autre me démontraient une énorme quantité d'affection et moi j'appréciais cela autant de l'une comme de l'autre même si j'avais un plus grand penchant pour Danielle. J'étais comme la chanson de Dalida qui dit; 'Heureux comme un Italien quand il sait qu'il aura de l'amour et du vin.'

Je n'étais peut-être pas au septième ciel, mais sûrement au sixième. Nous sommes sortis de l'ascenseur et elles m'ont fait entrer dans leur superbe condo de luxe.

Il y a une télévision de 48 pouces dans un très grand salon richement meublé. Elles m'ont guidé sur un confortable sofa et Danielle m'a demandé;

"Est-ce que tu veux quelque chose à boire Jacques?" "Seulement si vous aussi prenez quelque chose. Je prendrais bien un long baiser de toi Danielle." "Ha ! Ha ! Si tu m'embrasses, il te faut embrasser Jeannine aussi et ça de la même façon." "Quoi? Qu'est-ce que c'est que cette manigance?" "C'est tout simple Jacques, c'est ça ou ce n'est rien, mais c'est ton choix." "Est-ce un concours d'embrassade ou quelque chose du genre?"

"Non, c'est juste que nous t'avons partagé toute la soirée et l'une comme l'autre a trouvé cela très agréable. C'est aussi que l'une comme l'autre nous voudrions que cela continu, parce que toutes les deux nous t'aimons beaucoup." "Et bien, je m'attendais à presque tout, mais certainement pas à ça." "A quoi t'attendais-tu Jacques?" "Je, je..... je m'attendais peut-être à finir ce que j'ai commencé avec toi Danielle." "Et quand avais-tu planifié de terminer ce que tu as commencé avec Jeannine?" "Là, je m'excuse, mais je n'avais rien planifié du tout.

Et si ça va plus loin que le baiser?" "Nous sommes d'accord pour tout partager si ça te va bien sûr." "Qu'arrivera-t-il si j'en ai juste assez que pour une?" "Quand il y en a pour une, il y en a pour deux. Tu connais ce dicton, n'est-ce pas? Si tu ne peux nous donner qu'une seule portion, je suis sûre que nous pourrons nous en contenter." "Vous êtes sérieuses?" "Oui ! Si c'est tout ce que tu peux donner ça sera une demi-portion pour moi et une demi-portion pour elle ou encore mieux que ça, ça sera Jeannine aujourd'hui et moi demain." "Et vous avez l'air tout à fait sérieuses?" "Tu as tout à fait raison, nous sommes très sérieuses."

"Étant des infirmières, pouvez-vous vous procurer les petites pilules bleues à meilleur prix?" "Si cela devenait nécessaire on s'en occupera, mais ne crains rien, nous ne sommes pas des nymphomanes. Nous ne voulons pas te faire mourir ou te faire du mal, bien au contraire, nous prendrons soin de toi comme d'un bébé, notre bébé." "Wow ! Je suis tout simplement dépassé. Pardonnez-moi, mai j'ai encore peine à assimiler tout ça. Par quoi commence-t-on?" " Nous t'avons fait suer ce soir, nous allons commencer par te donner un bon bain chaud." "Tien, tien, me voilà déjà dans l'eau chaude. Ça commence bien."

Je les ai fait bien rire toutes les deux.

"Pouvez-vous me promettre qu'il n'y aura jamais de jalousie entre vos deux?" "Oui, nous le pouvons." M'ont elles affirmé toutes les deux avec un grand sourire. Je me suis mis à chanter ce qui les a bien fait rire d'avantage.

'Allons au bain mes mignonnettes, allons au bain nous trois.'

En entrant j'ai découvert que ce n'est pas qu'une chambre de bain ordinaire. Elle doit faire comme dix pieds par douze avec un bain rond qui doit mesurer au moins six pieds de diamètre et deux pieds de hauteur. En entrant j'ai dit; 'Mais ce n'est pas un bain, je dirais plutôt que c'est une piscine.' Les deux s'étaient déshabillé en un temps record et cela ne me laissait aucun choix. Il fallait que je me grouille et il n'y avait pas de temps à perdre. Il va sans dire que j'étais encore sous l'effet d'un choc émotionnel. J'avais peine à y croire d'une part et de l'autre part, je ne pouvais pas cesser de contempler ces deux beaux corps nus de femmes qui m'éblouissaient. Sincèrement je ne pense pas qu'un million de dollars m'aurait rendu plus heureux.

"Saute là dedans Jacques, nous allons nous occuper de toi."

"Allons viens, toi aussi Jeannine"

Danielle s'installa confortablement derrière moi tandis que Jeannine prenait place devant. C'était incroyablement agréable. De toute ma vie je n'ai jamais rien connu de plus spécial.

"Ce soir Jacques tu peux seulement regarder, tu ne peux pas toucher."

"Tu es d'accord Jeannine?" "Ça me va, pour moi tout est bien et merveilleux."

"Attendrez là, ça ce n'est pas seulement que de la cruauté mentale, c'est aussi de la cruauté physique." "De quoi te plains-tu Jacques, tu n'es pas bien avec nous?" "Je suis merveilleusement bien, mais c'est quand même très cruel de regarder ces deux beaux nichons si près devant moi sans pouvoir les toucher, moi qui sens les tiens dans mon dos sans pouvoir les voir.

Allez, laissez-moi faire au moins juste une fois."
"Qu'en penses-tu Jeannine?"

"Moi, je veux bien si cela ne t'ennuie pas Danielle."
"Si cela vous fait plaisir à tous les deux, je ne mis opposerai certainement pas."

"Juste une fois hin, je sens que je vais faire durer ce moment-là très longtemps."

Pendant que je cajolais les seins adorables de Jeannine en la regardant directement dans les yeux, Danielle massait doucement, mais fermement mon membre presque endolori qui était prêt à exploser à tout instant. À ce moment précis j'étais un peu confus, car je ne savais plus trop si j'aimais l'une plus que l'autre. Puis est venu le moment crucial où il n'y avait plus de retenue possible. Je continuais toujours à tenir ces belles boules dans mes mains quand l'explosion se produisit. Il y en avait pour tout le monde surtout pour Jeannine qui était bien placée pour tout recevoir. Elle en avait dans les cheveux, sur le visage, dans les yeux et si elle avait ouvert la bouche à ce moment-là, elle aurait aussi pu goûter au fruit de mon amour. Les seules fois dont je me souvienne avoir été aussi généreux avec ce liquide c'était à mes premières expériences sexuelles lorsque je n'avais que quatorze ans.

"On dirait que je t'ai tombé dans l'œil Jeannine?"
"Oui et pas à peu près. J'en ai partout. Tu es un vrai fruit de mer Jacques." "C'est bon?" "C'est surtout salé." "Ha oui ! J'espère que tu aimes le sel."

En tirant gentiment sur ses seins je l'ai approché de moi pour lui donner un long baiser.

La séance d'éjaculation m'a semblé interminable au point que j'ai senti une certaine douleur derrière la nuque et que j'ai un peu craint d'avoir une faiblesse, cela même si j'étais entre bonnes mains. J'ai finalement laissé les seins de Jeannine et je me suis retourné pour faire face à Danielle. Je lui ai demandé si je pouvais toucher à ses seins seulement qu'une fois aussi et je l'ai embrassé longuement comme en guise de reconnaissance pour le plaisir qu'elle venait de me procurer. Je suis sûr qu'elle savait que j'ai tout apprécié. Durant ce moment d'exaltation Jeannine s'était collée sur moi et passait sa main dans mes cheveux tout en essayant de me ranimer de l'autre main. Puis, je suis allé m'installer derrière Jeannine et j'ai demandé à Danielle de me passer le shampooing.

"Danielle nous allons donner un bain d'amour à cette jolie blonde qui en a vraiment besoin, veux-tu?" "Bien sûr." "Tu lui laves la tête et moi je m'occupe du reste, d'accord?" "C'est bon. Laves bien partout, ne laisses pas de recoins." "Ne crains pas, j'essaie de toujours bien faire les choses." "C'est plutôt plaisant de te découvrir Jacques." "Vous aimez ça?"

J'ai pris une barre de savon et j'ai savonné tout son dos du cou jusqu'aux fesses ce qui la faisait frémir de toutes parts. Après l'avoir rincé j'ai fait de même avec sa devanture tout en laissant glisser mes mains de la gorge au pubis, mais surtout en m'attardant longuement sur ses seins. Danielle qui n'était pas sans voir ce que je faisais, m'a dit ;

"Haye là, tu triches. On a dit une seule fois." "Je ne triche pas, car je ne touche pas maintenant je lave."

J'ai donc continué à promener mes mains sur toutes les parties dont j'avais accès et de temps à autre je les promenais aussi sur les cuisses de Danielle tout en frôlant du revers de la main sa chevelure intime. Elle ne s'en est pas plainte. Je revenais encore sur Jeannine et cette fois je me suis attardé là où ça chatouille le plus. Mais là, c'était plus que du frémissement, c'était du tortillement, j'irais même jusqu'à dire de la torture. Faut dire que là je trichais un peu en laissant glisser mon doigt dans l'ouverture de son intimité. Tout son corps me disait donne en plus. Je lui ai murmuré à l'oreille ; "Je n'ai pas le droit d'aller plus loin, je regrette." "Ça suffi pour moi."

Nous a dit Jeannine. J'ai cru comprendre qu'il y avait là un soupçon de frustration dans sa voix. Elle s'est levée, elle s'est essuyée et elle nous a dit ; 'Je vais vous attendre dans le lit.'

"Crois-tu que Jeannine est fâchée, Danielle?" "Jeannine fâchée, non Jamais, elle est affamée peut-être, mais pas fâchée." "Je suis heureux de l'entendre. Je vais te savonner et puis nous devrions aller la rejoindre avant qu'elle ne s'endorme."

"Je suis tout à fait d'accord." "Va-t-elle se prendre à manger?" "Elle a faim, mais pas pour ce qu'on trouve dans l'armoire ni dans le réfrigérateur." "Je vois, c'est un peu de ma faute. Dépêchons-nous d'abord avant qu'elle ne refroidisse."

Nous sommes sortis de la baignoire en vitesse, nous nous sommes essuyés l'un l'autre et nous avons marché rapidement jusqu'à la chambre à coucher. Jeannine était là étendue de tout son long, nue, souriante et absolument radieuse. Elle avait une main sur un sein et l'autre près de son recoin velouté.

Danielle qui me tenait par la main m'a entraîné et elle m'a dit ; 'C'est elle la première, elle travaille demain.' Je me suis approché de Jeannine et je me suis mis à la caresser de toute ma connaissance en espérant être à la hauteur de la situation. Je le saurai seulement quand elle aura obtenu un ou plusieurs orgasmes. Son poil était si blond qu'il me semblait presque invisible. Je l'ai embrassé longuement et profondément tout en sachant qu'elle brûlait de désir. Tout en descendant sur le corps de Jeannine, je me suis aperçu que Danielle à ma droite avait pris une position semblable à celle que Jeannine avait lorsque nous sommes entrés dans la chambre.

Sans tarder ma langue et mes lèvres assoiffés de ce jus d'amour se sont mis à l'œuvre. Jeannine n'a pas tardé à jouir et à jouir encore et encore. Elle va me noyer, je me suis dis, mais elle était tellement délicieuse que je n'osais pas m'arrêter.

C'est finalement Danielle en mettant sa main dans mes cheveux qui m'a indiqué que s'en était assez. Je me suis relevé sur mes genoux et Jeannine s'est mise à genoux devant moi et elle m'a serrer très fort en m'embrassant. Puis elle s'est mise à pleurer à chaudes larmes et elle a dit ;

"Ça faisait cinq ans que je n'avais pas connu ça. Jacques tu es merveilleux. Merci !" "Il n'y a pas de quoi."

Il s'en est fallu de peu pour que Danielle s'éclate en sanglots elle aussi. Je crois même qu'elle a versé quelques larmes. Je me suis étendu entre les deux et nous sommes restés sans parler pour quelques minutes. Danielle a chuchoté ;

'Jacques, elle dort. Je vais la couvrir et nous irons dormir dans l'autre chambre.'

J'étais presque triste de la quitter. Durant cette dernière séance j'étais venu très près d'éjaculer une autre fois. Après l'avoir recouverte Danielle m'a entraîné par la main jusqu'à une autre chambre presque aussi luxueuse. Seul le lit était un peu plus petit.

"Es-tu trop fatigué Jacques? Si tu veux dormir, je comprendrai." "Nous ferons comme Jeannine, nous jouirons en premier. Nous aurons tout le temps de dormir demain."

Nous avons roulé les couvertures et nous avons sauté dans le lit.

"Sais-tu que j'attends ce moment depuis la minute où j'ai levé les yeux sur toi?" " Sans mentir." "Je ne mens pas." "Jamais?" "Il faudrait que ce soit une situation incontrôlable, une situation très spéciale." "Donnes-moi un exemple." "Disons que je suis un policier et que je suis dans une situation où une personne veut se jeter en bas d'un pont et je lui dis en mentant. 'Tu ne seras pas poursuivi.' C'est un bon mensonge, un mensonge nécessaire." "Peux-tu me donner un autre exemple?" "Plus tard, présentement je veux te caresser jusqu'à ce que j'en tombe de sommeil." "OK."

Je lui ai donné le même traitement que celui reçu par Jeannine.

"Es-tu en forme pour une relation complète?" "Certainement que je le suis, mais je ne suis pas un tricheur." "La vengeance est douce au cœur de Jacques." "Ce n'est pas de la vengeance, c'est de la fidélité." "Je te l'accorde, car je sais que tu as raison. J'aurais quand même bien aimer." "Jeannine aussi ! Attends à demain, comme ça je ne pourrai jamais dire que je t'ai eu le premier jour de notre rencontre." "Je te désir tellement." "Moi aussi, crois-moi." "C'est vrai qu'ils y a beaucoup de gens qui pensent que c'est mal pour une femme de se donner à l'homme le premier jour d'une rencontre." "Personnellement je pense que la décision et les conséquences appartiennent aux deux personnes concernées. Tu sais que nous ne savons jamais, je pourrais bien être un coureur de bordels." "Non, pas toi." "Il y a des beaux gars qui sont gênés ou encore trop timides pour parler aux femmes et qui fréquentent ces endroits-là."

Au même moment je me suis assis au bord d'elle et je lui ai dit

'Ne crains rien, ce n'est pas mon cas.

Je l'ai embrassé une dernière fois et nous nous sommes endormis dans les bras l'un de l'autre. C'était notre première nuit d'amour et je n'ai pas oublié un seul détail.

Aux alentours de midi Jeannine est venue nous rejoindre et elle a dit ;

"Je vois que vous m'avez déserté vous deux." "Bonjour toi !" "Bonjour vous aussi." "Tu dormais si bien qu'on n'a pas voulu te réveiller." "C'est vrai que j'ai dormi comme un bébé qui fait toutes ses nuits. Faudra me mettre au lit plus souvent de cette façon-là. Je vais aller prendre un bain, je me sens collante." "Mets assez d'eau pour deux, je me sens collante aussi." "Allez-y, moi j'aimerais dormir une autre heure si cela ne vous dérange pas. Ne me laissez pas dormir plus d'une heure."

Danielle m'a donné un petit bec sur le bec et elle est allée rejoindre Jeannine dans la salle de bain. Moi, je me remémorais la soirée et la nuit en me disant que ce n'était pas un rêve, elles sont bien là. J'étais sûr aussi qu'elles ne pouvaient certainement pas être lesbiennes.

Ça aurait été impossible pour une lesbienne de voir Jeannine dans l'état où elle était couchée sur le lit comme ça et demeurer inerte. Puis, je me suis rendormis.

Entre temps ces deux-là avaient encore des plans en tête.

"Crois-tu que c'est possible Danielle?" "Bien sûr que ça l'est. Je crois que j'en ai assez." "Tu es sûre." "J'en suis sûre."

Elles sont venues me réveiller à quatorze heures quarante-cinq, juste avant le départ de Jeannine pour son travail. Jeannine est venue me donner un câlin en me donnant un baiser, puis elle nous a quitté en vitesse. Danielle est venue s'asseoir près de moi et elle m'a demandé ;

"Qu'est-ce que tu veux manger?" "Cela dépend." "Cela dépend de quoi?" "Et bien si nous allons faire l'amour tout le reste de la journée, j'aurai certainement besoin de quelques œufs." "Es-tu sûr que c'est bon pour ça?" "C'est ce qu'on dit. Connais-tu quelque chose de mieux?" "Je demanderai à mon ami docteur. Comment les aimes-tu?" "Tournés légèrement avec deux toasts au pain blanc et une tasse de thé, un sucre pas de lait. Je peux les faire si tu veux." "Donnes-moi la chance d'essayer et si tu ne les aimes pas, alors tu pourras les faire toi-même." "Je te laisse aller, mais je dois t'avertir, je suis le plus mauvais client pour le meilleur cuisinier." "Que veux-tu dire par-là?" "Je veux dire que je ne mange pas n'importe quoi, n'importe comment, n'importe où. Je suis très difficile et en plus, j'ai des allergies." "Nous apprendrons à te connaître. Je suis sûre qu'il y aura des compensations pour balancer les inconvénients." "J'apprécie ta compréhension, merci." "Le déjeuner est prêt." "Je suis affamé, je n'ai rien mangé depuis près de vingt-quatre heures." "Je m'excuse, nous ne t'avons rien offert à manger." "Bien au contraire, vous m'avez offert ce qu'il y a de mieux, mais pas pour l'estomac. Mmm, ils sont parfaits, exactement comme je les aime. Toi, tu ne manges pas?" "Nous avons mangé lorsque tu dormais." "Pourquoi ne m'avez-vous pas réveillé comme je l'ai demandé?" "Nous avons toutes les deux décidé que tu avais besoin d'un bon repos bien mérité." "Je vois, c'est gentil."

Nous parlions de choses et d'autres, de tout et de rien, lorsque le téléphone sonna aux alentours de dix-sept heures trente. Danielle décrocha le récepteur.

"Allô !" "Allô ! Danielle, je ne peux pas te parler trop longtemps, nous attendons une urgence à tout instant, mais le résulta est négatif. Salut Jacques pour moi." "Je n'y m'enquerrai pas. Ça été rapide, merci."

Danielle reposa le récepteur et elle sembla très soucieuse.

"Quelque chose ne va pas Danielle?" "Non, non, bien au contraire, c'est une bonne nouvelle."

"Pourquoi donc as-tu l'air aussi soucieuse?" "Ha, je suis toujours comme ça lorsqu'il me faut prendre une décision importante. C'était Jeannine, elle te dit salut. Tu as bien manger? En veux-tu d'autre?" "Non, j'en ai eu assez, merci." "Qu'aimerais-tu faire maintenant?" "Si tu veux me prêter une brosse à dent et du dentifrice, j'aimerais me brosser les dents et me rincer la bouche. Puis j'aimerais me laver un peu." "Vas t'étendre un peu, je vais te faire couler un bain." "Est-ce que je rêve ou tu es toujours aussi gentille?" "C'est bon d'être soi-même avec la personne qu'on aime." "Tu m'aimes, c'est vrai?" "Moi non plus, je ne mens pas Jacques."

Je l'ai pris tendrement dans mes bras et je l'ai embrassé très fort. Je me suis jeté sur le lit et elle est allée dans la chambre de bain. Lorsqu'elle est revenue pour me dire que c'était prêt, j'étais presque endormi, dans une sorte de demi-sommeil. Elle m'a aidé à me relever en me tirant par le bras et je suis allé sauter dans la baignoire. Après m'avoir brossé les dents je suis revenu dans la chambre pour la trouver étendue sur le lit. Elle était des plus désirables et moi j'étais nu comme un ver. Non, tout ce que je portais c'était mes verres. Je me suis approché d'elle et j'ai commencé gentiment à la déshabiller. De tout mon cœur je voulais lui faire l'amour et avec l'autre chose aussi, mais je n'étais pas sûr que cala serait la meilleure chose à faire.

"Peux-tu m'expliquer comment c'est possible qu'on puisse aimer une personne ou deux si intensément en si peu de temps?" "Non et je me posais la même question." "Je voudrais te faire l'amour, mais je crois que je devrais être testé en premier." "Pourquoi, penses-tu avoir une maladie?" "Je n'en sais rien, je n'ai jamais été examiné de ce côté-là." "Il faut que je te dise Jacques, je suis vierge." "Sérieusement?" "Je suis très sérieuse." "Qui aurait pu croire une telle chose? Et tu es âgée de vingt-quatre ans." "Je n'ai jamais aimer personne assez pour me donner à lui jusqu'à ce jour." "Il y a aussi le risque de tomber enceinte. Je n'ai pas de protection, j'étais loin de penser me retrouver dans une telle situation." "J'ai pensé qu'un bel homme comme toi pouvait trouver et avoir du sexe chaque fois qu'il sortait." "Cela faisait deux ans que je n'étais pas sortis. Je suis sorti hier soir parce que c'était une occasion spéciale." "Quelle était l'occasion?" "C'était mon anniversaire de naissance." "Pas vrai ! Sérieusement? C'est vrai, tu ne mens pas. Il faudra fêter ça. Quel âge as-tu?" "J'ai vingt-sept ans." "Bonne fête alors !" "Merci !" "Je veux que tu me fasses l'amour." "Maintenant?" "Maintenant !" "Ne penses-tu pas que je devrais être examiné en premier?" "Mais c'est fait." "Que veux-tu dire, c'est fait?" "Je veux dire que c'est déjà fait. Jeannine et moi nous te demandons pardon, mais Jeannine a emmené un échantillon de ton sperme au laboratoire et lorsqu'elle a appelé un peu plus tôt c'était pour me dire que le résultat était négatif. Tu n'as aucune maladie." "Mais vous m'avez volé." "Je crois plutôt que tu nous là donné." "Et comment, je ne suis pas venu comme ça depuis que j'ai quatorze ou quinze ans. Et bien c'est une bonne nouvelle, mais quoi faire pour éviter la famille?" "Je ne suis pas dans une période dangereuse, ne sois pas inquiet. Comme dirait l'autre ! "Allez en paix ou plutôt viens en paix." "OK d'abord, que la paix soit avec nous."

Durant le temps de cette conversation je n'avais pas cessé de la déshabiller. Mes mains n'avaient pas cessé de parcourir son corps frémissant. Je sentais que sa tension montait chaque fois que ma main approchait ses seins et son bas ventre. Ça faisait longtemps que je n'avais pas connu de femme, car c'est une chose que je ne donne pas à n'importe qui.

Je suis monté sur elle et je l'ai embrassé tendrement tout en tenant son sein gauche dans ma main. De tout mon cœur je voulais qu'elle jouisse de toute sa capacité. Je ne pense pas avoir laissé une seule partie de son corps sans être touchée.

L'érection de ses mamelons m'en disait long sur son état d'âme. Elle était tout à moi corps et âme et j'en étais pleinement conscient. Je l'ai oralement fait jouir à plusieurs reprises et j'ai soudain senti l'urgence de me positionner à l'intérieur de ce nid d'amour, car j'allais exploser à tout instant. Je l'ai monté et en un temps, deux mouvements, trois coups dedans c'était parti. Ma crainte était fondée, puisqu'une autre fois je venais d'éjaculer prématurément. L'engin qui est supposé donner la plus grande partie de la satisfaction à sa partenaire venait de perdre la majorité de sa puissance. Heureusement cette puissance s'est étirée assez longtemps pour lui donner le temps pour un autre orgasme.

"Je regrette, j'aurais voulu que ça dure beaucoup plus longtemps." "Ne regrette rien, c'était tellement bon." "Crois-moi, ça pourrait être encore mieux. Il me faudra trouver le moyen de faire durer le plaisir plus longtemps pour chacun de nous." "Je te crois et je te fais confiance." "Si tu veux nous pouvons nous laver et tout recommencer." "J'aimerais rester étendue près de toi et parler. Je me sens si bien dans tes bras et j'adore t'entendre parler." " De quoi veux-tu parler?" "De tout ce qui te passe par la tête." "Je me demandais ce que Jeannette Bertrand penserait de notre histoire, un ménage à trois." "Elle serait probablement scandalisée." "Je ne pense pas. Sais-tu qu'elle a fait radio sexe un bout de temps?" "Non, je ne le savais pas." "Je l'ai entendu dire une fois sur les ondes qu'il y avait plus de 50% du monde sportif, plus de 50% du monde artistique et plus de 50% du clergé qui était homosexuel. Ça fait beaucoup de monde." "Je ne le savais pas." "Moi, je suis aux deux depuis hier soir." "Ha non ! Ne me dis pas que tu es bisexuel."

"Ne me fais pas rire, je suis aux deux femmes. C'est toute une expérience et j'espère bien que ce ne soit pas juste l'histoire d'un soir, parce que mes chères demoiselles je vous aime toutes les deux." "Ne te moques pas de moi, cela ferait trop mal." "Danielle je ne me moque pas, sérieusement je t'aime et je crois que j'aime Jeannine aussi. Cela me fait tout drôle de dire ça, parce que j'ai un peu l'impression d'être infidèle à chacune de vous." "Il ne faut pas que tu te sentes coupable, parce que c'est nous qui t'avons mis dans cette situation et c'est ce que nous voulions." "Quand avez-vous planifié ce petit complot?" "Hier soir ! J'ai toujours su que je pouvais tout partager avec Jeannine, mais je ne savais pas qu'elle pouvait aimer le même homme. C'est la première fois qu'elle aime mon partenaire.

C'est actuellement la première fois qu'elle s'attarde à quelqu'un depuis cinq ans." "Que s'est-il passé?" "Elle a eu une grande déception, mais elle pourra te le raconter elle-même." "Bien sûr ! Je m'excuse, je voulais juste comprendre. Vous êtes sérieuses, vous voulez une liaison à trois?" "Si tu es d'accord nous en serions très heureuses." "Vous ne m'avez même pas demandé ce que je faisais pour gagner ma vie." "C'est parce que nous n'avons pas besoin de ton argent." "Touché ! Ha ! C'est pour ça que les filles demandent toutes ce que nous faisons. Elles cherchent un soutien financier. Moi non plus je n'ai pas besoin de votre argent, je gagne bien ma vie." "Que fais-tu comme travail?" "Je suis un constructeur de maisons. Je suis charpentier menuisier." "Jeannine et moi nous avons parlé de se faire construire une grande maison avec au moins trois chambres de bain un jour sur un grand terrain. Si jamais c'est toi qui nous bâtis nous ne voudrions aucune faveur, je veux dire aucun rabais. Nous ne voudrions certainement pas abuser de toi." "Nous en reparlerons quand le temps sera venu." "Qu'elle heure est-il?" "Il est tout près de minuit." "Nous devrions nous habiller, Jeannine sera ici dans moins de vingt minutes. J'ai passé une très belle journée Jacques, je suis heureuse. Je vais faire du thé et préparer un petit casse-croûte pour nous trois." "Danielle dis-moi que je ne rêve pas, j'ai peine à croire à ce bonheur." "Si tu rêve je rêve aussi, mais crois-moi, j'ai réellement perdu ma virginité ce soir et ça ne pouvait pas mieux tomber. J'ai toujours su du moins que ça serait quelqu'un de bien qui l'aurait." "Je dois te dire que je suis heureux que tu me l'aies gardé."

Sur ces paroles Jeannine faisait son entrée.

"Salut mes deux tourtereaux. Comment allez-vous?" "Nous allons bien et toi tu as eu une bonne soirée?" "Oui ! C'était drôle, presque tous pensaient que j'avais gagné le gros lot. Dans un sens ils ont raison. Seul le docteur a deviné juste, je pense même, qu'il est un peu jaloux." "Jaloux ou pas moi je voudrais bien un beau câlin et je ne suis pas près à te laisser aller."

J'ai pris Jeannine dans mes bras et je l'ai serré très fort en lui donnant un baiser prolongé. Mon idée était de bien goûter ce baiser, mais aussi de m'assurer qu'il n'y avait aucune jalousie entre ces deux jolies demoiselles que j'aimais désormais éperdument. Contrairement à ce que j'aurais pu m'attendre, Danielle était sincèrement heureuse pour chacun de nous. S'en était presque désarment. Tout s'était passé si vite que j'avais peine à assimiler tout ça. Je déteste la jalousie et j'ai horreur de l'infidélité. L'une comme l'autre détruit les relations. C'est la jalousie qui a poussé Caïn à tuer son frère Abel.

"Jeannine sais-tu quoi?" "Non, qui a-t-il?" "C'était l'anniversaire de Jacques hier." "Et c'est nous qui avons reçu les cadeaux. Ce n'est pas juste."

"Bien au contraire vous deux m'avez fait connaître le plus bel anniversaire de toute ma vie. Je n'en reviens toujours pas. Pardonnez-moi, mais j'ai encore peine à y croire. Dites-moi que tout ça ne va pas prendre fin demain."

Elles se sont regardé l'une et l'autre et Jeannine m'a dit;

"Penses-tu vraiment que nous voudrions qu'un tel bonheur cesse pour nous. Il faudra plutôt trouver le moyen de faire durer cette situation pour toujours." "Il ne faut pas oublier qu'il y a le reste du monde qui va nous juger sévèrement." "Le reste du monde on s'en fout. Est-ce que nous jugeons tous ceux qui couchent à gauche et à droite avec tous et chacun, même les gens mariés?"

"Ne te fâche pas Danielle, c'est juste une réalité dont nous ne pouvons pas y échapper." "Fais-moi confiance Jacques, nous trouverons le moyen. Quand on veut, on peut." "Je te fais confiance et je suis sûr qu'à nos trois nous trouverons une solution pour être heureux dans le pire des mondes." "Bon bin moi je suis fatiguée, je m'endors et je vais me coucher. Je vous verrai demain. Bonne nuit Jacques. Bonne nuit Jeannine. Ne vous couchez pas trop tard."

Danielle est allée se coucher après nous avoir donné un câlin et nous avoir embrassé. Je me suis excusé auprès de Jeannine et je l'ai suivi dans sa chambre à coucher puis, je l'ai aidé à se mettre au lit. Je lui ai donné un tendre baiser en lui disant que je la verrai au petit jour. J'ai quitté la chambre après avoir remonté les couvertures pour la couvrir.

C'était probablement le pire lundi matin de toute ma vie qui m'attendait. De retour à la cuisine Jeannine s'était mise à nettoyer la vaisselle utilisée durant la journée. Je lui ai demandé.

"Où est le linge à essuyer?" "Là à côté du réfrigérateur, mais ce n'est pas nécessaire. Je peux m'arranger avec ça." "Profites-en, ça n'arrivera pas tellement souvent, surtout pas avec deux femmes dans la maison. Laisses-moi faire, toi tu as déjà une journée de travail derrière toi et puis j'aime bien être près de toi. Moi j'ai passé presque toute la journée au lit." "As-tu eu du bon temps." "J'ai eu une journée absolument merveilleuse." "J'oubliais, bon anniversaire."

Qu'elle m'a dit en mettant ses bras autour de mon cou et en m'embrassant de ses belles lèvres langoureuses et d'une langue délicieuse.

"Que veux-tu faire Jacques, regarder un film ou aller au lit?" "Vaudrait mieux que j'aille au lit, je dois travailler demain." "OK ! Allons-y."

Après avoir pris un bon bain nous avons marché jusqu'à la chambre où elle a ouvert la porte et allumé la lumière et là je l'ai retenu. Je l'ai pris dans mes bras et je l'ai transporté dans ce beau grand lit qui m'a semblé vraiment nuptial. Elle était toute souriante et des plus invitantes. Nous nous sommes caressés mutuellement en se regardant les yeux dans les yeux.

Je déposais des petits baisers un peu partout sur son visage et puis, je me suis mis à descendre sur sa poitrine et finalement sur tout son corps. Elle faisait de même ce qui nous a rendu tous les deux complètement extasiés. Nous nous sommes donnés l'un à l'autre d'une façon peu commune. Nous venions, je pense de découvrir le royaume des cieux. 'Le royaume des cieux est semblable à un homme qui a trouvé une perle précieuse.' Matthieu 13, 45 - 46.

Nous nous sommes endormis dans les bras l'un de l'autre pour nous réveiller vers les sept heures trente du matin. Danielle qui s'était réveillée et qui s'était sentie toute seule aux alentours de quatre heures était venue nous rejoindre sans néanmoins nous déranger le moindrement. Jusqu'à ce jour je me demande s'il y a quelque chose de plus inquiétant que l'idée de perdre un tel bonheur. Jeannine qui était encore dans mes bras m'a dit bonjour en me donnant un baiser.

"Attends ma belle, j'ai mauvaise haleine le matin à cause de mon problème de sinus. Je vais aller me moucher et me rincer la bouche puis, je reviens à toute vitesse. Attendez-moi."

"Comment ça été?" "Il a été superbe Danielle. Je suis si heureuse. Comment ça été pour toi?" "C'était bon, mais pas extraordinaire, cependant je pense que c'était de ma faute." "Je t'en ai déjà parlé, te souviens-tu? La première fois nous les filles avons toutes un peu peur que ça nous fasse mal même si ce n'est pas toujours le cas. Cela dépend surtout de la gentillesse et la délicatesse de son partenaire." "Tu dois avoir raison, puisque tout allait très bien jusqu'au moment de la pénétration. J'ai juste senti un petit pincement, mais cela a immédiatement mis fin au plaisir." "Bienvenue au club des défleuries mon amie bien aimée. Ça sera encore meilleur la prochaine fois. Tu auras la chance de te reprendre à mon prochain long congé de travail de quatre jours qui s'en vient, puisque je vais aller visiter mes parents et leur annoncer notre rencontre." "Ne penses-tu pas que c'est un peu tôt? Surtout si tu veux leur dire toute la vérité. Tu sais que nous le voulions ou pas nos familles vont nous mettre de l'ombre sur notre bonheur. Nul ne pourra comprendre ce que nous vivons."

"Quoi qu'ils en disent Danielle, nul ne pourra m'empêcher de vivre mon amour de bonheur et j'espère bien qu'il en sera de même pour toi." "À la vie et à la mort à jamais et pour toujours."

Les deux jeunes femmes se donnaient la main haute en riant lorsque j'ai réapparu dans la chambre.

"Ça va bien vous deux, je ne dérange pas?" "Déranger? C'est bien le contraire tu nous arranges Jacques, mais tu as été bien long à revenir." "J'ai dû faire quelques appelles pour préparer mes hommes au travail et me libérer jusqu'à midi, voilà ce que vous me faites faire vous deux." "Jeannine va partir pour quatre jours et nous laisser tout seul." "Elle nous laisse déjà, elle va me manquer. Où va-t-elle?" "En Gaspésie pour visiter ses parents." "Ha oui, j'espère que tu ne vas pas leur dire à notre propos. Je pense qu'il est trop tôt." "Ce n'est pas trop tôt si nous sommes tous sincères et sérieux." "Moi, je le suis." "Moi aussi !" "Ce qui fait que ce n'est pas trop tôt. Je leur dirai donc la semaine prochaine."

Nous nous sommes tous donnés la main haute et une étreinte suivi d'un baiser.

"Je ne veux pas te dire quoi faire Jeannine, ce qui fait que je vais te dire quelque chose en parabole pour ce qui concerne tes parents. Tu sais que le gaz a monté très haut dernièrement et le monde n'a pas fait vraiment de grosses crises. Sais-tu pourquoi?" "Pourquoi le gaz a monté ou pourquoi le monde n'a pas fait de crise?" "Pourquoi il n'a pas fait de crise. Vois-tu, lorsque Jos Clack a monté le gaz de 0.25 sous le gallon il y a quelques années, le monde a été scandalisé et son gouvernement a été renversé. L'été dernier le gaz a monté de plus de 0.80 sous le litre, ce qui est de $3.60 le gallon et il n'y a pas eu de crise. Aujourd'hui ce même gaz est redescendu à 0 .90 sous le litre et le monde va gazer avec le sourire et empressement. Je voudrais que tu médites sur ces paroles en espérant que tu vas les comprendre à temps. C'est un voyage de plus de neuf cent milles allée et retour, j'espère que tu vas prendre le train." "J'avais l'intention d'y aller en auto." "Penses-y bien, deux jours à voyager, deux jours à te reposer, ça ne te laisse pas grand temps pour visiter." "En train c'est fatiguant aussi." "Mais en train au moins tu peux y dormir." "Mon auto va me manquer." "Tu peux toujours en louer une." "Pas dans ce petit coin du pays." "Tes parents doivent en avoir une. Tout ce que je souhaite, c'est que tu nous reviennes en un seul beau morceau." "Je te remercie de te préoccuper pour moi, mais t'en fais pas, je serai prudente quoi que je fasse."

"Aie, vous deux vous devez commencer à avoir faim?" "Oui Danielle, c'est bien toi la plus maternelle de nous trois, comme ça ma mère me manque un peu moins." "Vis-tu encore avec ta mère?" "Non, pas depuis l'âge de seize ans." "Voulez-vous que je vous fasse des crêpes de mémère?" "C'est quoi ça?" "Ce sont des bonnes crêpes que j'ai appris à faire de ma mère. C'est l'une de mes spécialités. Je les aime énormément surtout avec du sirop de poteau." "C'est quoi ça?" "Une autre de mes spécialités. Il est selon moi meilleur que le sirop d'érable." "Wow ! Ça doit être bon." "Une autre fois, tu n'auras pas le temps de faire ton sirop ce matin."

Elles s'étaient revêtues de leurs robes de chambre et moi qui n'avais que mes bobettes, j'ai donc dû m'habiller pour ne pas me présenter à la table presque nu.

"Nous avons des corn flakes, du rice krispies ou du gruau, tout ça est bon pour la santé." "Avez-vous de pain blanc frais." "Oui, pourquoi?" "C'est ce que j'aimerais manger avec du lait et du sucre." "Une autre de tes spécialités?" "Ce n'est rien de spécial, main j'aime ça." "Tu es drôle."

Nous avons déjeuné en parlant de choses et d'autres, de tout et de rien en particulier. Je devais désormais me dépêcher un peu pour me rendre au travail. Je ne me serais plus senti trop bien avec ces jolies dames jusqu'à ce que je sois fraîchement rasé de nouveau. Je les ai embrassé toutes les deux très fort en promettant de revenir aussitôt que possible.

"Tu veux nous donner ton numéro de téléphone avant de partir?" "Bien sûr, voilà !" "Quel est le nom de ta compagnie?" "Les constructions Fiab." "Ça semble fiable." "Ça l'est, tout comme moi. À bientôt mes bien-aimées."

J'ai donc pris congé d'elles, mais non pas sans ressentir un certain vide. Je venais de passer deux jours extrêmement agréables et bien remplis Je n'avais qu'un seul souci en tête et ça c'était concernant la polygamie sachant très bien qu'elle était défendue et illégale au Canada. Je savais bien aussi qu'elle était permise dans certaines religions. Mais je suis entièrement contre toute sorte de religion qu'elle quelle soit. Ça ne sera pas facile, je me suis dis. Je sais aussi qu'à Utah Il y avait plusieurs sectes qui la permettaient, mais ce n'est pas le Canada.

Nous ne sommes pas au bout de nos peines. Comme je pensais à ces choses j'entendis sur les nouvelles que deux hommes venaient d'être arrêtés et accusés de polygamie tout près de Vancouver ! C'était comme si l'on voulait me dire; penses-y bien mon ami. Il me faudra suivre cette histoire de près, je me suis dit.

Il m'a fallu cesser de penser à ça pour le moment. Il fallait que je m'occupe de mes affaires et de mes hommes. Les clients comprennent difficilement les retards peu importe les raisons.

Même si j'ai un très bon personnel le patron est celui qui critique ou félicite selon le cas, mais il se doit d'être responsable. Je n'avais quand même pas eu le temps de déléguer quoi que ce soit à qui que ce soit.

Chapitre 2

"Bonjour patron ! Qu'est-il arrivé, vous n'êtes jamais arrivé en retard en deux ans?" "J'ai en quelque sorte fêté mon anniversaire cette fois-ci." "Ha oui ! Bonne fête !" "Merci ! Est-ce que le gyproc est arrivé?" "Pas encore ! Les portes et fenêtres sont en place dans les trois maisons." "Bien nous allons les installer cette après-midi. Le bois de finition n'est pas arrivé?" "Non !" "Il devrait arriver sous peu." "C'est bon, au travail maintenant."

J'ai terminé la journée qui m'a semblé interminable. Quand je suis arrivé chez moi ma mère et l'une de mes sœurs m'y attendaient !

"Que t'est-il arrivé? Ça fait deux jours que j'essaie de t'appeler." "Je m'excuse maman, j'aurais dû t'appeler." "Tu n'es pas raisonnable. Où est-ce que tu es allé? Tu n'étais pas chez toi." "J'ai eu envie de m'évader et puis j'ai tout oublié."

"Elle était si belle que ça?" "Oui Céline, elle est belle et très belle, crois-moi. Je te raconterai sûrement un jour."

"Tu n'étais pas au travail ce matin non plus et personne ne savait où tu étais." "Il s'en est fallu de peu pour que j'appelle la police, tu sais?" "Ho, je n'aurais pas voulu être dérangé par qui que ce soit, surtout pas par la police. Il faudra te mettre dans la tête maman que je suis assez âgé pour vivre ma vie comme je l'entends, quoi que tu en penses. Je n'ai pas voulu vous inquiéter, c'est juste que j'étais trop captivé pour même penser à vous appeler, c'est tout." "Tu dois avoir un millier de messages sur ton répondeur et ta boite vocale." "Je vous inviterais bien à souper, mais je n'ai rien de préparé. Si vous voulez, je peux vous emmener au restaurant." "Ce n'est pas nécessaire, notre souper est prêt à la maison. Bonne fête mon grand !"

"Bonne fête mon frère et fais attention à toi." "Merci Céline, je vais tous les appeler maintenant, j'en ai sûrement pour une couple d'heures." "Sûrement !" "Encore une fois, je regrette. On se voit très bientôt."

Elles ont pris congé de moi et je me suis mis à écouter mon répondeur.

"Bonne fête Jacques, c'est ta petite sœur Marcelle." "Jacques, c'est ta mère, appelles-moi aussitôt que tu le pourras." "Bonne fête mon petit frère c'est ta sœur Francine." " Bonne fête Jacques, c'est moi Diane." "Bonne fête Jacques, c'est moi Carole, je t'embrasse." "Jacques c'est encore moi ta mère, appelles-moi." "Bonne fête c'est ton amie Murielle." "Bonne fête, c'est ton petit frère." "C'est moi mon amour, Danielle qui s'ennuie déjà de toi, Je t'embrasse. Bye !" "Ici Rolland, J'ai un détail à discuter avec toi, Monique veut changer la couleur des armoires. Rappelles-moi si tu peux." "C'est moi Céline, je t'embrasse pour ta fête.

Le tout a continué pour une vingtaine de minutes. On aime quand même savoir qui a appelé et qui ne l'a pas fait. Le pire était que j'avais la tête bien ailleurs des souhaits de bonnes fêtes. Malgré tout il me fallait faire une vingtaine d'appels pour les remercier tous de leurs bons souhaits.

Aucun d'entre eux cependant n'aurait pu me souhaiter un anniversaire comme celui que je venais de vivre.

Néanmoins plus j'y pensais et plus j'avais peur, moi qui ne suis pas d'ordinaire d'une nature peureuse. J'avais peur d'être obligé de changer de pays, peur d'être obligé de faire parti d'une religion pour pouvoir marier celles que j'aime. J'avais également peur qu'une ou l'autre ou même les deux se décourage devant les obstacles qui nous attendaient, mais c'était aussi dans ma nature de faire confiance à la vie qui m'a bien servi jusqu'à présent.

Au bout d'une heure et demie j'avais finalement terminé mes appels quand j'ai reçu un appel de Céline, ma sœur qui était bien intriguée à mon sujet.

"Salut toi ! Tu as terminé tes téléphones?" "Enfin oui !" "Ça faisait plusieurs fois que j'essayais de t'appeler. Tu as passé une belle fin de semaine?" "Très belle, merci ! Ça dépasse toute attente Céline." "J'ai cru comprendre que tu avais fait une rencontre." "Non deux !" "Deux quoi?" "J'ai fait deux rencontres, c'est-à-dire que j'ai rencontré deux filles, mais je ne voudrais pas m'attarder là-dessus au téléphone." "Compris ! Quand est-ce que je peux te voir?" "Donne-moi une minute, je vais voir mon agenda. Mercredi soir si tu veux, je viendrai souper avec toi." "C'est noté. Viens dès la fin de ta journée de travail." "Je serai là, bonne nuit."

À dix heures trente j'étais au lit, mais pour ce qui est de dormir c'était peine perdue. Tout ce que j'avais vécu dans les trois derniers jours se renouvelait dans ma tête. Je savais très bien qu'il me fallait du sommeil pour pouvoir fonctionner normalement le lendemain. À minuit trente j'ai décidé de me lever et de faire un appel.

"Allô ! Ici Danielle !" "Danielle, c'est moi. J'ai besoin d'une infirmière, car je n'arrive pas à dormir et je n'ai pas de somnifère." "C'est toi mon amour." "Connais-tu un autre moyen de m'aider à dormir. Je suis une personne qui a de la difficulté à fonctionner si je n'ai pas mes sept heures de sommeil." "J'ai trouvé que tu te débrouillais pas trop mal." "As-tu eu une bonne soirée?" "Oui, mais toutes les filles nous ont demandé ce qui nous arrive à Jeannine et à moi." "Le bonheur comme le malheur se lit sur la plupart des visages, tu sais? Vous êtes heureuses et ça se voit, moi j'en suis bien content." "Bon, je vais te laisser, je comprends qu'il faut que tu dormes. Tu pourrais te faire une tisane et lire n'importe quoi jusqu'à ce que tu tombes de sommeil. Cela va t'aider à te changer les idées." "Et bien merci, dis bonne nuit à Jeannine pour moi." "Je n'y manquerai pas." "Bonne nuit toi aussi, je vous aime et je vous embrasse."

Il était aux alentours de deux heures trente quand j'ai finalement capituler devant les activités de la journée. Il m'a semblé que je ne dormais que depuis dix minutes lorsque l'alarme me réveillait à six heures trente le matin venu. J'avais le corps très lourd, mais j'ai quand même traîné mes pattes jusqu'à la chambre de bain et je me sentais beaucoup mieux après une douche tiède. J'ai pris mon déjeuner rapidement puis, je me suis rendu au travaille où il y avait plusieurs tâches qui m'attendaient. Lorsque les douze coups eurent sonnés j'ai pris congé de mon personnel et j'en ai profité pour faire un appel important.

"Allô ! C'est toi Jeannine, comment vas-tu?" "Je vais bien et toi Jacques?" "Je vais bien aussi, merci." "As-tu pu dormir finalement?" "Oui, mais, pas beaucoup d'heures. Vous me manquez." "Toi aussi tu nous manques. Je pars jeudi matin pour la Gaspésie." " Déjà?" "C'est moi ça, je ne traîne pas les choses." "As-tu bien pensé à ton affaire?" "Ne t'inquiètes pas, je sais ce que je fais." "J'aimerais passer la nuit avec toi avant ton départ, si tu veux bien entendu?" "Bien sûr que je veux, ça serait formidable si tu peux." "Je vous attendrai dans le même stationnement après votre travail. Est-ce que Danielle est là?" "Non, je regrette, elle est allée magasiner." "Et bien, tu la salueras pour moi et je vous vois mercredi soir. Il me faut y aller maintenant. Je t'embrasse très fort. Bye !"

Mercredi cinq heures trente j'entrais chez ma sœur à l'heure prévue pour le souper, mais surtout pour satisfaire la curiosité de Céline. Elle m'a bien reçu avec une accolade et la bise sur chaque joue. Son met préféré un bon gros spaghetti à la viande accompagné de patates pillées étaient au menu.

S'il y en a une dans toute ma grosse famille qui peut comprendre ma situation sans trop juger c'est bien elle. Nous avons bien mangé et je lui ai aidé à tout nettoyer et à essuyer la vaisselle. Puis la série de questions a commencé.

"Maintenant tu vas me dire ce qui t'arrive Jacques, je dois t'avouer que je suis très intriguée." "Avant tout il faut que tu me promettes de garder tout ça pour toi." "C'est promis. J'ai cru comprendre que tu as fait deux rencontres de filles très jolies? Ne me dis pas que tu ne sais plus laquelle choisir?" "Si c'était le seul problème, il n'y aurait pas de problème du tout." "Que veux-tu dire? Je ne comprends pas." "Je n'ai pas fait deux rencontres, mais plutôt une rencontre de deux filles et c'est vrai qu'elles sont toutes les deux très jolies. Elles ne sont pas que jolies, mais très gentilles et intelligentes." "Que font-elles dans la vie?" "Elles sont toutes les deux infirmières." "Tu vas être entre bonnes mains." "À qui le dis-tu? Mais je le suis déjà." "Déjà? Que veux-tu dire?" "Je te dis que je suis déjà entre leures mains." "Tu n'as pas perdu de temps." "Tu te trompes, ce sont elles qui n'ont pas perdu de temps. Moi, je n'ai fais que de me laisser entraîner dans un tourbillon d'amour incroyable et d'un bonheur extraordinaire." "Aurais-tu changé au point d'accepter l'infidélité maintenant, toi qui l'avais en horreur?" "Je l'ai toujours en horreur Céline, c'est juste qu'il n'y a pas d'infidélité du tout." "Il te faudra choisir l'une ou l'autre ou bien être infidèle à l'une ou à l'autre." "C'est là la beauté de la chose, je n'ai pas à choisir n'y à être infidèle. Je les aime toutes les deux et elles m'aiment toutes les deux." "Là tu me tires le poil des jambes, tu te moques de moi." "Pas du tout, je te le dis tel que c'est." "Encore là je comprends de moins en moins." "Je vais récapituler. Elles sont deux amies, elles sont tombées en amour avec moi toutes les deux et moi je les aime toutes les deux. C'est aussi simple que ça." "hin, hin, ce n'est pas simple du tout. Tôt ou tard la jalousie s'installera et ça sera le cauchemar." "Je les ai déjà mis à l'épreuve, elles sont contentes l'une pour l'autre chaque fois que j'embrasse l'une ou l'autre." "Et toi tu es aux oiseaux?" "Non, moi je suis aux deux......femmes." "Quelle histoire ! Quels sont leurs noms?" "L'une se nomme Jeannine et l'autre Danielle. Ce soir je verrai Jeannine puisqu'elle part demain matin pour quatre jours visiter ses parents.

Elle a aussi l'intention de leur dire ce qui se passe. J'aurai donc quatre jours pour me permettre de connaître Danielle un peu mieux. Maintenant tu comprends pourquoi il vaut mieux n'en parler à personne pour le moment." "Il vaudrait peut-être mieux ne jamais en parler à qui que soit." "La vérité finit toujours par se faire connaître." "Je pense que tu n'es pas au bout de tes peines." "Je le pense aussi, mais le jeu en vaut la chandelle." "Je l'espère pour toi." "Selon ce qu'elles m'ont dit ça ne ferait aucune différence si j'étais nu comme un ver." "Tu leurs as tombé dans l'œil bien comme il faut." "Tu n'as jamais si bien dit. IL va falloir que j'y aille bientôt, elles finissent de travailler à minuit." "Veux-tu dire que tu couches déjà avec elles?" "Oui, c'est un coup de foudre à trois." "Fais attention, la foudre ça peut être foudroyant." "Si c'est toujours comme la fin de semaine que je viens de passer, ça sera tout simplement merveilleux Céline, prends ma parole. Je n'avais jamais rien connu de tel. Il faut que je te laisse maintenant, je ne voudrais pas les faire attendre n'y qu'elles s'inquiètent." "C'est vrai que tu les aimes. Bonne chance !" " Merci ! Bonne nuit !" "Bonne nuit aussi et merci d'être venu." "Tout le plaisir est pour moi."

Je me suis dirigé sans perdre de temps vers leur domicile et les rues étaient désertes ce qui fait que j'avais quelques minutes d'avance sur elles. En les attendant je relaxais tout en écoutant quelques belles chansons à la radio. Aussitôt que je les ai vu arriver dans leur petite voiture je suis sorti de la mienne en verrouillant les portières et je me suis dirigé sans tarder vers elles. Jeannine est sortie de la voiture et elle s'est précipitée à ma rencontre pour se jeter dans mes bras.

Elle m'a serré très fort comme si elle ne m'avait pas vue depuis des lunes. Elle m'a embrassé d'une façon qui en disait long sur son état d'âme. Lorsqu'elle s'est finalement retirée de cette étreinte, je l'ai regardé dans les yeux et je lui ai dit.

"Bonsoir Jeannine !" "Bonsoir Jacques !"

" Bonsoir Jacques !" "Bonsoir Danielle ! Comment allez-vous, vous deux?" "Je pense que Jeannine avait un peu peur de ne pas te voir avant son départ." "Pourquoi avait-elle peur, je n'ai qu'une parole." "Oui, mais tu sais, n'importe quoi peut arriver."

"C'est vrai ça, mais il ne faut pas toujours avoir peur." "Toi Jacques, tu n'as jamais peur?" "Tu as parfaitement raison, j'ai peur même en ce moment que tout ça ne soit qu'un rêve." "Moi aussi j'en tremble presque de peur que tout s'écroule." "Ne crains rien Danielle, je vous aime et je pense que rien au monde ne pourra rien n'y changer." "J'espère que tu dis vrai Jacques, sincèrement de tout mon cœur." "Il vaudrait mieux que nous montions, les murs ont des oreilles, vous savez ça, n'est-ce pas?"

Danielle était beaucoup moins enthousiaste que Jeannine ce soir-là. J'en ai conclu que c'était parce qu'elle savait que je passerais la nuit avec Jeannine. Jusqu'à ce jour elle a toujours été la même, c'est qu'elle ne veut pas se mettre dans une ambiance sensuelle alors qu'elle sait qu'elle n'aura pas de sexe. Je peux dire que je la comprends très bien. Je leur ai dit que je ne pouvais pas veiller trop tard, car il me fallait être au travail à huit heures au matin.

"Moi aussi je dois me lever tôt, mon train part à neuf heures." "Alors il vaut mieux prendre un bain rapide et aller au lit sans tarder." "Tu ne veux pas rien manger." "Non, je suis encore plein de spaghetti." "Allez-y vous deux, moi je prendrai le mien demain, j'ai tout mon temps."

Jeannine s'est dirigée vers la chambre de bain et moi je suis allé m'asseoir au salon avec Danielle pour quelques minutes.

"Lâches-moi un cri quand le bain sera prêt Jeannine." "Je n'y manquerai pas."

"Tu n'as pas trop l'air dans ton assiette Danielle? Quelque chose ne va pas?" "Je suis toujours un peu inquiète quand Jeannine part toute seule pour un long voyage." "Ha ! C'est ça mère poule. Jeannine est une adulte pleine de bons sens, je crois que tu t'inquiètes pour rien." "Je le sais bien, mais c'est plus fort que moi." "Si tu veux, je ne te laisserai pas seule, je viendrai passer du temps avec toi." "Je l'espère bien."

"Jacques c'est prêt." "Je viens."

"Vas-tu te coucher tout de suite?" "Non, je vais écouter un bon film, je n'ai pas sommeil." "À tantôt, je viendrai te dire bonne nuit."

Je me suis précipité vers la chambre de bain où j'ai sauté dans cette eau chaude et savonneuse avec qui je crois toujours être la plus belle femme au monde, bien sûr après m'être déshabillé.

"Ho ! Elle est chaude. Comment fais-tu?" "On s'habitue très vite." "Si j'étais un coq tu pourrais me plumer." "Tu es notre coq, mais nous ne te plumerons pas, du moins ce n'est pas notre intention."

Je lui ai fermé la bouche avec un baiser en profondeur tout en la tenant très fortement enlacé. Je l'ai lavé de la tête aux pieds tout en me retardant aux endroits qui font plaisir à l'un comme à l'autre.

Aussitôt qu'elle s'est sentie assez propre elle a fait la même chose avec moi. Quel plaisir ! Quel bonheur ! Je lui ai suggéré de faire l'amour dans la baignoire et sans hésiter elle s'est assise sur ce qu'elle aime tout particulièrement. J'ai essayé de toutes mes forces de faire durer le plaisir pour elle surtout, mais aussi pour moi. Trop tôt hélas, l'explosion s'était produite et j'étais certain cette fois-ci qu'elle aurait préférée chevaucher beaucoup plus longtemps et moi aussi. Je savais à ce moment-là qu'il me faudrait trouver une méthode pour améliorer cette situation avant que cala ne cause un problème émotionnel pour chacun de nous. Il était vrai qu'elle est des plus belles.

Il était vrai aussi que c'était pour moi tout nouveau. Il était vrai qu'avec Danielle c'était tellement serré que cela pouvait faire une différence. Il était aussi très vrai que je voulais leur donner à l'une comme à l'autre beaucoup plus de plaisir, c'est-à-dire autant qu'elles puissent l'endurer. Dès demain je me suis dis, je vais prendre rendez-vous avec un psychologue.

"Jeannine, toi qui travailles à l'hôpital tu dois connaître un psychologue?" "Oui, j'en connais un. C'est une femme. As-tu un problème?" "Oui j'ai un problème de retenue." "Qu'est-ce que tu veux dire?" "J'aurais voulu que ça dure beaucoup plus longtemps, au moins vingt, trente minutes de plus, pas toi?" "Oui mais, je pensais que c'était normal.

Tu es jeune, je suis jolie, c'est tout nouveau, je pense que ça peut s'améliorer avec le temps." "Moi, je ne veux pas perdre de temps. Je veux vous donner beaucoup de plaisir, mais pas seulement dans un an ou plus, je veux vous donner du plaisir à profusion le plus tôt possible." "Quelle préoccupation ! Je t'aime Jacques, je t'aime tellement. Je suis et je sais que je vais être très heureuse avec toi." "Moi aussi je t'aime Jeannine et je veux que ça ne s'arrête jamais. Il vaudrait mieux que nous allions dormir maintenant."

Nous sommes sortis de la baignoire et après s'être essuyés l'un l'autre Jeannine s'est recouverte de sa robe de chambre et moi je me suis recouvert avec une de leures grandes serviettes. Nous sommes allés dire bonne nuit à Danielle.

"Comment est le film?" "Il est bon." "Peux-tu le mettre sur pause pour une minute? Je voudrais te dire bonne nuit de la bonne manière." "Bien sûr que je peux."

"Bonne nuit Danielle. Dors bien." "Jeannine je vais aller te reconduire à la gare demain matin." "C'est vrai? Oh ! Je suis contente et ne t'en fais pas, tout va bien aller." "Je sais mais, tu me connais, s'il fallait qu'il t'arrive quelque chose." "Il ne m'arrivera rien." "Tu as raison, je m'en fais pour rien." "Ce qui devait m'arriver m'est arrivé en fin de semaine passée et rien ne pourra atténuer ce bonheur, tu peux me croire. Je suis partie, bonne nuit."

Jeannine est allée dans sa chambre pendant que je souhaitais bonne nuit à Danielle à ma façon. Puis, je suis allé rejoindre Jeannine où elle n'était pas prête à dormir immédiatement. Je lui ai donc donné le traitement oral qui est en quelque sorte devenu une de mes spécialités. Pour tout dire, elle se débrouille pas trop mal elle aussi. C'est ce qui a fait qu'une bonne érection est revenue me permettre une autre pénétration plus intense encore que la première et plus satisfaisante pour elle comme pour moi.

Le matin est venu très vite car à sept heures quinze nous étions tous trois au près de la table de cuisine. Notre mère poule avait déjà préparé un tas de choses. Le café et le thé ainsi que les toasts étaient déjà servis. Moi qui vis seul depuis presque une douzaine d'années je peux vous assurer que je peux apprécier ce bienfait, même si je ne me trouvais pas à plaindre. La conversation était concentrée surtout sur le voyage de Jeannine et la façon dont elle mettrait ses parents au courant de notre situation. Je leur ai fait part de ma visite avec Céline qui ne s'était pas trop mal déroulée. D'une chose à l'autre le temps était déjà venu pour moi de les quitter, mais ce n'était certainement pas sans peine.

Je n'aime pas les sanglots ni les séparations pénibles alors je leur ai dit à bientôt tout en les enlaçant et en leur promettant de les appeler sous peu. C'était quand même une séparation pénible. Seule Jeannine était souriante et elle nous a lancé avec raison.

"Aie, vous deux, je ne m'en vais pas à un enterrement et je ne m'en vais pas pour toujours. Je serai de retour dimanche au soir, c'est promis."

"Bon voyage Jeannine, je te verrai dès ton retour."
"Mais j'y compte bien, vas, tout ira bien."

"Bonne journée Danielle, si tu veux, je peux venir ce soir pour que tu sois moins seule." "J'apprécierais

Jacques mais, seulement si tu peux." "Bien sûr que je peux, Dieu merci, je n'ai pas d'autre femme." Ça les a bien fait rire, ce qui était presque une nécessité, puis, je me suis éloigné tout doucement. Danielle est allée reconduire Jeannine à la gare et moi je me suis rendu à mon travail.

Jeannine qui semblait très sûre d'elle avait quand même des papillons dans l'estomac, cependant j'étais certain qu'elle pouvait se rendre maître de cette situation. Elle nous avait dit; 'Quoi qu'ils en disent, ça ne changera absolument rien à sa position.' Le soir venu elle a téléphoné à Danielle et à moi pour nous dire qu'elle s'était bien rendue et que ses parents étaient de bonne humeur jusqu'à ce point. Elle nous a affirmé aussi qu'elle nous tiendrait au courant de la situation au fur et à mesure que les choses se dérouleraient. Vers minuit trente j'étais de retour avec Danielle pour y passer la nuit.

"Tu es encore toute triste Danielle, tu n'es pas raisonnable." "J'espère juste que ses parents ne lui donnent pas un mauvais temps. Tu sais les gens dans les terres ne pensent pas comme nous." "Je sais, mais Jeannine est une grande fille et elle saura se débrouiller avec eux, j'en suis sûr." "Tu dois avoir raison et nous devrions aller au lit et parler jusqu'à ce que nous tombions de sommeil. J'apprécie que tu sois venu, tu sais?" "Oui, je le sais, mais tout le plaisir est pour moi. J'adore aussi être avec toi.

C'est quand ta prochaine fin de semaine?" "Cette semaine j'ai samedi et dimanche off." "C'est superbe, moi, je ne travaille jamais le samedi et j'ai toutes mes fins de semaine en général. Je travaille le dimanche seulement s'il y a obligation." "Es-tu du septième jour?" "Je suis contre toutes les religions car, je pense que c'est le plus grand esclavage jamais inventé. Les gens tuent au nom de leur religion et en plus ils prétendent que c'est la volonté de Dieu. C'est pour cette même raison aussi qu'ils ont tué Jésus." "Tu as l'air de t'y connaître?" "Toi, tu es religieuse?" "Jeannine et moi nous sommes des catholiques de naissance, mais nous ne sommes pas pratiquantes. Je ne sais pas au juste ce qui s'est passé, mais nous avons cessé d'aller à l'église toutes les deux." "La routine ça peut devenir ennuyant. Je suis né catholique aussi, mais tout comme les petits chiots un jour mes yeux se sont ouverts et je ne suis plus jamais retourné en arrière.

Les petits chiots ne prennent qu'une dizaine de jours, moi ça m'a pris dix-huit ans." "Mais tu crois en Dieu, n'est-ce pas?" "Moi et Dieu nous ne faisons qu'un." "Le prêtre du village de mon père dirait bien que c'est un blasphème que tu viens de prononcé là et mon père aussi." "Ça prouve bien qu'ils ne connaissent pas la parole de Dieu. As-tu une bible?" "Oui quelque part dans la petite bibliothèque." "Dès demain tu iras lire Jean 17, 21 - 23. C'était la volonté et la prière de Jésus que nous devenions un avec Dieu." "Pourquoi pas maintenant? Je suis curieuse et je voudrais bien dormir." "D'accord, mais il ne faudrait pas s'y attarder trop longtemps, moi je travaille de bonne heure."

Elle s'est levée et elle est allée chercher sa bible de Louis Second, ma préférée.

"Voyons donc, tu disais Jean?" "Jean 17, 21 - 23." "Laisses-moi lire ici pour une minute. Mais tu as absolument raison Jacques." "Un des plus grands avertissements et probablement le plus important qui nous vient de Jésus se trouve dans Matthieu 24, 15 'Que celui qui lit fasse attention !' C'est donc dire que les pièges du diable sont dans les écritures (la bible). C'est donc là qu'il nous faut regarder et pas ailleurs." "Mais Jacques, la bible c'est le livre de vérité." "Oui

Danielle, mais la vérité à propos des mensonges aussi. Je t'expliquerai une autre fois si tu veux. C'est ce que j'aime à faire le samedi, le dernier jour de la semaine, le jour du sabbat, le jour du Seigneur." "Pourquoi pas le dimanche?" "Pour ne pas contrarier Dieu qui nous a dit dans sa loi de sanctifier le dernier jour de la semaine, le septième jour. En autant que je sache il n'y a que sept jours dans une semaine, le septième est donc le dernier. Tu peux trouver ça dans Exode 20, 8 - 11. Aussi pour ne pas contrarier Jésus qui nous a dit que pas un seul trait de lettre ne disparaîtra de la loi tant et aussi longtemps que le ciel et la terre existeront. C'est écrit dans Matthieu 5, 17 - 18." "Laisse-moi voir. C'est bien trop vrai. Wow ! C'est fort ça. Mais ce n'est pas ce qu'on nous a enseigné. On nous a dit; 'Les dimanches tu garderas en servant Dieu dévotement.'" "Voilà ! C'est quoi les dimanches?" "Les premiers jours de semaine." "Un enfant de quatre ans peut faire la différence. J'ai fait une petite chanson sur le sujet." "C'est quoi?" "On m'a dupé, on m'a menti les dimanches avant-midi. On m'a dupé, on m'a menti, moi je l'prends pas et je le dis. Le Seigneur nous a dit; le Sabbat c'est le samedi, les dimanches c'est pour qui? C'est certainement pas pour Lui. On m'a dupé, on m'a menti." "Aie ! C'est cute ça." "Merci !

J'aimerais bien continuer pendant des heures, mais pas maintenant, il faut que je dorme. Une dernière chose Danielle si tu veux?" " Vas-y, tout ça me passionne." "T'es sérieuse? Cela ennuie et choque la plupart des gens." "Pas moi, j'adore ça découvrir." "Je suis heureux que ça ne tombe pas dans l'oreille d'une sourde. Si tu veux la prochaine fois que tu parles à ton père, demande-lui s'il appel son prêtre père." "Je suis sûre qu'il le fait mais pourquoi?" "Parce que Jésus l'a défendu à ses disciples. Vas lire Matthieu 23, 9. 'Et n'appelez personne sur la terre votre père; car un seul est votre Père, celui qui est dans les cieux.'" "WOW ! Mon père va sûrement tomber sur le cul." "Demande-lui juste pour voir sa réaction." "Je le ferai." "J'ai hâte de voir la tienne." "Ma quoi?" "Ta réaction à la suite de la réaction de ton père. Je me doute fort bien de ce qu'il va dire." "Ah oui ! C'est quoi?" "Je ne te le dis pas tout de suite, je vais l'écrire et le cacher, tu le sauras après que tu auras parler à ton père." "OK ! Je vais l'appeler en fin de semaine." "Il faut dormir maintenant." "Je me sens beaucoup mieux Jacques, cela m'a fait beaucoup de bien de parler avec toi. Toute ma tristesse et mon angoisse ont disparu. J'avais vraiment le cafard, tu sais?" "Je sais oui mais, c'est fort la parole de Dieu. J'ai une faveur à te demander Danielle." "Qu'est-ce que c'est? Je t'aiderai si je le peux." "J'aimerais que tu essaies de m'obtenir un rendez-vous avec le psychologue de l'hôpital." "As-tu un problème dont nous devrions être au courant." "J'ai un problème dont vous êtes déjà au courant." "Je ne comprends pas, qu'est-ce que c'est?" "J'ai presque toujours une éjaculation prématurée et je veux résoudre ce problème sans tarder." "Je peux faire mieux, je vais m'informer pour toi pour voir s'il y a des méthodes ou des médicaments et je t'en informerai. Qu'en dis-tu?" "Mais c'est formidable. Merci beaucoup !

Bonne nuit Danielle !" "Bonne nuit Jacques, je t'aime." "Moi aussi."

Après s'être enlacés et embrassés, nous nous sommes endormis pour se réveiller à sept heures le matin venu. Nous avons pris notre déjeuner et j'ai pris congé d'elle pour me rendre au travail.

En Gaspésie tout près du village même où je suis né, c'était une toute autre histoire qui se déroulait. Jeannine était aux prises de becs avec ses parents mais, surtout avec sa mère qui a la larme et la crise de nerfs facile.

"Maman, Danielle et moi nous nous connaissons depuis plus de dix ans maintenant et nous allons nous marier." "Danielle et toi vous marier? Dis-moi que je rêve, ça doit être un cauchemar. Une lesbienne dans ma famille. C'est elle qui t'a entraîné? Moi je sais très bien que tu n'es pas née comme ça." "Fais attention comment tu parles d'elle maman, elle est ma meilleure amie et c'est une amie pour toujours."

La mère, Anne-Marie s'est effondrée en larmes et René son père a demandé à Jeannine d'aller prendre une petite marche dehors pour lui donner le temps de calmer sa femme.

"Tu ne vas pas pleurer toute la journée, nous ne voyons notre fille qu'une fois par année et je voudrais que ça soit un peu plus joyeux." "Si elle va se marier avec une autre femme elle n'est plus ma fille." "Calme-toi voyons, tu dis des sottises, Jeannine sera toujours notre fille. Moi, je lui fais confiance, elle est une fille très intelligente et je l'aimerai toujours quoi qu'elle fasse de sa vie." "Qu'allons nous faire mon mari? La nouvelle va se répandre partout autour d'ici. Quel scandale ! Tout le monde va nous regarder de travers." "Tu exagères toujours, nous ne sommes pas les premiers ni les derniers, crois-moi. Mon père disait souvent; 'La vie est haute sur pattes.' Ce qui veut sûrement dire que tout peut arriver. Jeannine reviens, cache tes larmes, veux-tu?" "Comment pouvons-nous la féliciter comme c'est l'usage dans une telle situation?" "Nous ferons pour le mieux."

"Jeannine, ma fille, as-tu bien réfléchi à tout ça? Je veux que tu saches que quoique tu fasses, tu seras toujours ma fille préférée." "Je sais papa, je suis ta seule fille." "Oui mais je t'aimerai toujours." "Je sais papa, tu es un ange et je t'aime aussi, énormément." "Quand avez-vous envisagé de vous marier?" "Probablement à l'été, nous n'avons pas choisi de datte encore."

"Est-ce que nous pouvons te demander de ne pas ébruiter ça par ici?" "Tu le peux, mais c'est peine perdue, parce que les nouvelles n'ont pas de frontière de nos jours. Tout ou presque se sait aujourd'hui." "Il ne faut pas que ça se sache Jeannine, il faut que ça reste secret." "Toi maman, pourras-tu le garder ce secret? Je paris que tu seras la première à en parler."

"Ça ne m'étonnerait pas moi non plus."

"Est-ce que nous serons invités?" "Bien sûr que vous serez invités voyons, nous ne sommes pas si sauvage. Est-ce dire que vous acceptez la situation?" "Je crois que nous n'avons pas tellement le choix." "Maintenant que vous êtes un peu revenus du choc premier, je vais vous dire toute la vérité." "Tu ne vas pas nous dire que vous avez l'intention de former un club de ces filles-là?" "Ne soit pas ridicule maman, c'est une toute autre histoire." "Qu'est-ce que tu vas nous sortir maintenant? Moi, je pense que j'ai connu assez d'émotions pour aujourd'hui."

"Tais-toi dont pour une minute Anne et laisses-la parler, veux-tu."

"Danielle et moi nous voulons nous marier, mais ce n'est pas l'une à l'autre, mais bien à un homme." "Vous n'êtes pas lesbiennes alors?" "Nous ne l'avons jamais été ni elle ni moi. Ce n'est pas parce que nous ne couchons pas à gauche et à droite, avec tous et chacun et que nous nous aimons mutuellement que nous sommes nécessairement lesbiennes. Je sais qu'on nous a catalogué ainsi parce qu'on est deux amies, que nous demeurons ensemble et que nous sommes encore célibataires à vingt-cinq ans. C'est injuste." "Mais pourquoi nous avoir dit que vous l'étiez?" "Je n'ai jamais dit ça maman, c'était ta propre conclusion. Moi, j'ai dit que nous allons nous marier et c'est vrai, mais je n'ai jamais dit que nous nous marierions ensemble.

C'est possible cependant que nous nous mariions le même jour." "C'est quand même curieux que vous avez trouvé quelqu'un à marier en même temps." "Danielle m'a devancé seulement que d'une heure." "C'est bien étrange. Le tien comment s'appelle-t-il?" "Jacques Prince ! C'est un vrai prince." "Pourquoi ne nous l'as-tu pas emmené?" "Il a du travaille très important." "Que fait-il?" "Il construit des maisons."

"C'est un bon métier et c'est bon partout." "Tu connais ça papa." "Il est un homme merveilleux et je l'aime éperdument, sinon je ne serais pas venue ici, surtout pas à ce temps-ci de l'année." "Danielle a aussi trouvé quelqu'un." "Quel est son nom?"

"C'est là la clé de l'intrigue, c'est le même homme." "Quoi? Vous aimez toutes les deux le même homme." "Oui maman et c'est Danielle qui l'a trouvé. Nous sommes toutes les deux follement amoureuses de lui et ni elle ni moi ne pouvons le laisser aller et ni elle ni moi ne voulons qu'une de nous souffre de son absence, c'est pourquoi nous avons mutuellement décidé de se le partager." "Wow ! C'est toute une nouvelle ça et c'est beaucoup plus acceptable qu'un mariage entre femmes. Mais vous allez le faire mourir le pauvre homme." "Ne crains rien maman, nous sommes infirmières et nous prendrons bien soin de lui. Jusqu'à présent il ne s'est pas plein du tout, au contraire." "Vous allez rencontrer des problèmes avec les autorités." "Nous le savons bien, c'est fou n'est-ce pas? Un homme peut avoir cinquante petites amies à travers le pays et avoir avec elles quelques deux cents enfants qui pour la plupart deviendront des enfants de l'état sans être ennuyé par la loi mais, s'il a deux épouses et une douzaine d'enfants, il est un criminel." "Il ne faut pas oublier qu'il peut se faire poursuivre pour pension alimentaire." "Pas nécessairement !" "Que veux-tu dire?" "Je veux dire que le gouvernement ne peut pas poursuivre le père si la mère déclare sur le certificat de naissance que le père est inconnu." "Il ne faut pas qu'il soit trop paternel." "Le chien se fout totalement de ce qui peut arriver à ses chiots et il est prêt à servir la femelle quelle qu'elle soit et en tout temps. Ce n'est pas le cas en ce qui concerne notre homme. Il est un homme bien et je sais qu'il fera tout en son pouvoir pour nous garder heureuses toutes les deux."

"Et bien Jeannine, il ne nous reste plus qu'à te féliciter et à te souhaiter bonne chance et beaucoup de bonheur. Si je peux vous aider n'hésitez pas à me le faire savoir." "Nous avons tout ce qu'il nous faut papa, il ne nous manquait que de la compréhension de votre part. Merci papa, maman ! Je dois partir demain hélas, je travaille lundi matin. J'espère qu'il n'y a pas de tempête dans les prédictions de la météo. Il est important que je sois au travaille pour ne pas qu'il y ait des opérations reportées. Presque tous les hôpitaux du Québec sont à court de personnel, surtout de docteurs et d'infirmières." "Tu mérites amplement d'être heureuse Jeannine peu importe la façon." "Fais sûr que ton auto démarre demain matin papa, je ne peux pas me permettre de manquer mon train, tu sais?" "Je sais, ne t'inquiètes pas ma belle fille, tu seras là à temps. Dors bien." "Merci pour tout papa."

Le premier obstacle d'importance de notre aventure était désormais derrière nous, il fallait donc se concentrer sur le prochain. Il y a trois causes principales de divorce dans la vie et ce sont l'argent, les enfants et la religion. Je n'avais aucune crainte concernant l'argent, puisqu'elles en avaient assez pour tous leurs besoins et toutes deux avaient un travail très bien rémunéré ainsi qu'une sécurité de salaire. Elles avaient aussi la certitude d'une pension gratifiante qui les attendait à la fin de leur mandat.

Moi, je gagnais très bien ma vie quoique le risque est beaucoup plus élevé en affaire. Ce n'est pas toujours facile de forcer quelqu'un qui ne veut pas payer à le faire, cependant je n'avais aucune crainte du côté financier. Du côté de la famille je n'avais pas trop de crainte non plus mais, il me restait toujours à connaître les intentions de Jeannine sur ce sujet. Il me restait aussi à connaître ses vues sur la religion.

En ce qui concerne Danielle pour moi tout était réglé. Je savais qu'il n'y avait pas de plus maternelle qu'elle et désormais, je savais aussi qu'elle ne détestait pas ma façon de voir les choses sur les religions et l'esclavage qu'elles imposent. Je ne m'inquiétais pas non plus outre mesure pour Jeannine, puisque j'avais en quelque sorte une alliée certaine avec Danielle en ce qui concerne la religion. Je suis très heureux de la réaction de Danielle, car je prends toujours plaisir à faire connaître mes découvertes sur les choses bibliques.

Le vendredi soir j'étais de nouveau près de Danielle pour y passer la nuit. Jusqu'à ce jour le vendredi soir est toujours mon préféré, puisque je peux veiller tard si je veux sans me préoccuper de quoique ce soit, car le lendemain est le repos total pour moi. C'est pour moi une vacance d'un jour et je me promettais de continuer ce que j'avais commencé avec Danielle, c'est-à-dire de continuer à l'instruire sur les messages de Jésus. Je ne sais pas exactement pourquoi, mais cela me rend tout particulièrement heureux de pouvoir le faire et cela même si la personne devant moi n'est pas très réceptive.

"Salut toi, comment vas-tu?" "Je vais superbement bien Jacques et toi." "Moi aussi, congé demain finalement. Nous pouvons nous envoyer en l'air toute la nuit sans se préoccuper, puisque nous avons toute la journée de demain pour nous remettre. As-tu des nouvelles de Jeannine?" "Très peu, nous avions une mauvaise réception sur le téléphone. Elle va bien et elle sera de retour dimanche. Si tu veux nous allons prendre un bain et aller au lit, j'ai quelque chose pour toi." "Tu viens de piquer ma curiosité, qu'est-ce que c'est?" "Ah ! Tu verras." "Ah ! Lance, ne me fais pas languir, c'est trop cruel." "Il te faut attendre quand même Jacques, c'est quelque chose que je vais te montrer." "Et tu ne peux pas me le dire?" "Non ! Tu sais que la patience est une vertu?" "Je ne suis pas sûr d'être vraiment virtuel, tu sais?" "Peu importe, je ne te dis rien, je vais te montrer plus tard." "Dépêchons-nous alors." "Jacques nous avons toute la nuit pour nous." "Tu as raison, je m'excuse, mais je suis quand même très curieux." "Tu vas aimer ça j'en suis pas mal sûre." "Laisses-moi te savonner, veux-tu?" "Je me demandais ce que tu attendais."

"J'ai comme été distrait par une certaine demoiselle intrigante qui aime le suspens. Ça te plaît?" "J'adore ça." "Tant mieux parce que c'est un travail que j'aime beaucoup." "Ah ! C'est une corvée maintenant?" "J'espère que je fais une bonne job?" "Trop bien, je suis sur le point de jouir." "Laisses-toi aller, nous avons toute la nuit." "Ah ! Ahhhhhhhhhh ! Trop tard c'est parti."

Elle m'a serré dans ses bras longuement et j'ai compris qu'elle avait apprécié.

"Essuyons-nous et allons au lit, veux-tu?" "Tiens-moi, j'ai les jambes molles." "N'aies pas peur, je peux te porter si tu veux?" "Ce n'est pas nécessaire quoique, ça pourrait être le fun." "Aller oup, on s'en va au lit ma belle princesse avec ton prince." "Oui monsieur Prince ! Wow ! Tu n'es pas gros, mais tu es tout'là, Hercule." "Tu es légère comme une plume." "Cent vingt livres, une plume !" "Peut-être deux plumes !" "Ah ! Ah ! T'es bin drôle." "Lève les couvertes, veux-tu?" "Et voilà !" "Oup-là, à nous deux maintenant." "Non Jacques ! C'est à mon tour de te donner du plaisir. Étends-toi sur le dos et laisse-moi faire, OK?" "Mmmmm, je veux bien, mais je n'ai pas l'habitude." "Tu t'y habitueras, crois-moi." "Je veux bien essayer. Mmmmm, Mmmm, c'est bon, c'est bon. Atttttttttention ! Qu'est-ce que tu as fais? Tout a bloqué." "Ça marche. Laisses-moi faire si tu aimes ça, je vais recommencer." "Aimer ça, mais c'est superbe." "Ah ! Tu as un petit goût salé maintenant. Un peu comme les huîtres." "J'espère que tu aimes ça parce que c'est bonnnnnnnnnn. Atttttttttention ! Tout a bloqué encore." "Ça marche bien." "Mais qu'est-ce que tu fais?" "Je suis les recommandations de la psychologue et ça marche." "C'est une belle corvée." "C'est un vrai plaisir." "C'est donc ça que tu voulais me montrer." "C'est ça." "Là je comprends pourquoi tu ne voulais pas me le dire." "Tu en veux encore?" "Autant que tu voudras ma belle. Mmmm ! Mmmm ! Que c'est bon ! Mmmm. Attttttttt ! Mmmm ! Attttttt ! Il est bon ton truc, j'ai réussi à me retenir deux fois." "Maintenant c'est moi qui suis toute excitée." "Ah oui ! Je vais t'arranger ça ma belle princesse, tu vas voir.

J'ai donc pu lui faire l'amour pendant au moins trente minutes et je pouvais me retenir presque à volonté, ce qui ne m'était jamais arrivé auparavant.

Elle a compté quatre orgasmes et c'est au dernier qu'elle a voulu mettre fin à la séance, puis c'est là que je me suis laissé aller. Je n'avais jamais connu un tel plaisir sexuel de toute mon existence. Le plaisir de donner du plaisir à celle qu'on aime est immense, je ne peux mieux dire, il est immense.

"Jacques, je n'aurais jamais cru que ça pouvais être aussi bon." "Moi non plus !" "Attends que Jeannine apprenne ça." "S'il te plaît, ne lui dis rien, nous lui ferons la surprise." "Elle n'en croira pas son cul." "Tu es drôle toi aussi. Dis-moi qu'est-ce qu'elle t'a dit ton amie psychologue?" "Elle a dit; 'Tu peux le faire avec lui ou il peut le faire tout seul. Le gars se masturbe ou il se fait masturber et lorsqu'il est près à éjaculer, tu étrangles le pénis juste au-dessous du gland. Cela a pour effet d'étouffer le processus d'éjaculation. Après quelques bonnes pratiques de ce procédé l'homme apprend à couper le flux de lui-même.' Je peux dire que tu es précoce, car tu as réussi dès la première fois." "Oh ! Je suis sûr que nous aurons encore besoin de quelques pratiques." "T'as aimé ça, hin?" "J'ai adoré ça." "Je me demande pourquoi tant de femmes ne veulent rien savoir du sexe oral. Ça m'a tellement excité que j'étais prête à jouir avant même que tu me touches." "Il va falloir trouver une méthode pour que tu te retiennes toi aussi." "Ah ! Ah !" "Il paraîtrait que la moitié des hommes aiment ça à la folie comme moi et que l'autre moitié a tout simplement dédain de ça. Je me demande si c'est parce qu'ils ne sont pas vraiment aux femmes ou si c'est parce que la moitié des femmes ne sont pas mangeables." "Qu'est-ce que tu veux dire, pas mangeable?" "Je veux dire qu'elles n'ont pas toutes bon goût. Les unes sont, je dirais sucrées comme vous deux et d'autres ont un goût amer ou surette. Moi, même si je l'aime de tout mon cœur, je ne pourrais pas avec celle qui a un goût amer sans que le cœur me lève. Ça serait bien triste, mais je ne pourrais pas. Ça pourrait faire deux personnes malheureuses." "Comme ça, Jeannine et moi nous sommes très chanceuses?" "Nous sommes tous les trois très chanceux, oui. Et bien tout ça m'a ouvert l'appétit, pas toi?" "Veux-tu me manger?" "Un peu plus tard, maintenant, je voudrais quelques toasts, si tu permets."

"J'espère juste que j'aurai la force de me lever." "Je vais t'aider ou si tu veux, je peux te porter encore une fois." "Non, ça va aller." "Il est quatre heures passées, il faudrait aussi dormir un peu." "J'ai cru t'entendre dire que nous avions toute la nuit." "Tu peux bien parler toi, tu as de la misère à te lever pour faire deux toasts." "Je me sens toute molle et je n'ai pas pris un seul verre." "Et tu es toute jeune." "N'oublies pas que c'est seulement ma deuxième fois." "J'oubliais, excuse-moi."

Nous avons donc pris un petit casse-croûte et nous sommes retournés au lit pour se réveiller au son de la sonnerie du téléphone à une heure de l'après-midi. Danielle a donc pris le récepteur pour entendre la charmante voix de Jeannine.

"Allô, ici Danielle !" " C'est moi, comment ça va?" "Ça va bien."

"Jacques, c'est Jeannine." "Passe-la-moi, veux-tu?" "Tiens."

"Comment ça va dans ton coin?" "Il y a encore beaucoup de neige comme toujours jusqu'à la hauteur des maisons." "Ce n'était pas le meilleur temps de l'année pour aller par-là." "Il faut c'qui faut. La tempête est passée dans la maison aussi. Tu sais, j'ai compris ta parabole juste à temps." "Je suis content, puisque cela signifie que tu vas comprendre tout le reste aussi." "Ça veux dire quoi ça? Est-ce une autre parabole?" "Non, mais Danielle t'en parlera quand tu seras revenue. Ce n'est rien, t'en fais pas. Bon, je te passe Danielle, à bientôt, je t'aime." "Moi aussi !"

"Allô ! Danielle j'arriverai à la gare aux alentours de quatre heures."

"Je viendrai te chercher, n'oublie pas ton cellulaire."

"Je viendrai aussi Danielle."

"Jacques viendra avec moi Jeannine." "C'est merveilleux. Bon bin, je te laisse, à demain." "À demain !"

"Tandis que je suis au téléphone, je vais en profiter pour appeler mes parents." "Ça tombe bien, moi j'ai besoin des toilettes."

"Ring, ring, ring, ring." "Allô !" "C'est toi papa?" "Danielle ma belle fille, ça faisait longtemps que nous n'avions pas eu de tes nouvelles. Tu vas bien?"

"Jeanne c'est Danielle, prends l'autre appareil, vite."

"Je vais merveilleusement bien papa, j'ai rencontré un beau jeune homme dont je suis follement amoureuse." "Wow ! Pour une nouvelle c'en est toute une venant de toi. D'ordinaire tu n'es pas aussi rapide." "C'est parce que celui-là est plutôt extraordinaire." "Qu'est-ce qu'il fait pour gagner sa vie?" "Il est constructeur de bâtiments, surtout des maisons." "C'est un bon métier et c'est bon presque partout." "Mais papa, je t'appelais pour une raison toute particulière." "Ah oui ! Qu'est-ce que c'est?" "As-tu encore ta bible?" "Oh mon Dieu ! Ça fait des années que je ne l'ai pas pris, je laisse le père St-Germain nous la lire à tous les dimanches." "Tu as déjà répondu à quelques-unes de mes questions." "Donnes-moi une minute ou deux, je vais aller la chercher."

"Allô maman ! Tu vas bien?" "Oui mais, il faut que je te dise de bien prendre ton temps avec ton nouvel amoureux. Il y a des gens pour qui ça prend du temps avant de se faire connaître, tu sais?" "Pas celui-là maman. Celui-là est tellement naturel que tu le connais en le voyant."

"Je suis là Danielle avec la bible en main. Que veux-tu savoir?" "Veux-tu l'ouvrir à Matthieu 23 verset 9?" "Donnes-moi une seconde là. Ma fille, il ne faut pas parler de ces choses-là." "Pourquoi pas papa? Faut-il supprimer la vérité ou tout simplement la cacher?" "Toi, tu as parlé avec des Témoins de Jéhovah, n'est-ce pas?" "Pas du tout, mais je connais quelqu'un qui semble connaître la vérité. As-tu un crayon et du papier pour prendre quelques notes?" "Oui, j'ai ça ici tout près." "Vas lire exodes 20, c'est la loi de Dieu et réfléchi surtout aux versets 8 à 11 ensuite vas lire Matthieu 5 versets 17 et 18 et fais bien attention à ce que tu lis, veux-tu?" "Tu sais que nous avons été bien avertis que de lire la bible pouvait nous rendre fou." "Est-ce un psychologue qui t'a dit ça papa ou est-ce un prêtre?" "C'est un prêtre, bien sûr. Mais, tu dois faire attention à qui tu parles ma chérie, il n'y pas que des trouble-fête là dehors, il y a aussi des trouble-tête. Tout ça peut mener à la folie, tu sais?" "Si laisser sa religion parce qu'on s'est trop fait mentir est de la folie, alors moi je suis folle aussi. Jésus nous a dit qu'il valait mieux perdre une main que de brûler en enfer, peut-être qu'il vaut mieux perdre l'esprit aussi.

Est-ce que tu crois en Jésus-Christ papa?" "Bien sûr que je crois en lui." "Est-ce que tu crois plus en l'église qu'en Jésus?" "L'église est infaillible Danielle." "Moi, je crois que l'église a infailliblement menti et les preuves sont à même la bible. Je m'excuse, mais je prends la parole de Jésus et la parole de Dieu avant celle de tout autre. Si tu crois en Jésus et que tu lui fais confiance vas lire Matthieu 24, 15. Cherchez et vous trouverez Jésus a dit, Matthieu 7, 7 et moi parce que je vous aime énormément, je veux que vous cherchiez et que vous trouviez la vérité, celle que les églises nous ont caché." "Mais tu es devenue une vraie prêtresse." "Ne m'insultes pas papa, moi j'aime la vérité." "Mais je n'ai pas voulu t'insulter ma chérie, je pense juste que tu es une bonne prédicatrice, c'est tout." "Bon je vais vous laisser sur ces mots. Il ne fait pas trop froid là-haut dans le Nord?" "On a vu pire crois-moi. Prends bien soin de toi ma fille." "Vous aussi, je vous aime. Bye !" "Bye !"

"T'es-tu endormi là dedans Jacques?" "Non, je me reposais tout en t'attendant." "C'est vrai, c'est le sabbat."

"Tu devrais venir me rejoindre, on est bien dans l'eau." "Penses-tu que c'est mal pour nous de coucher ensemble?" "Ça dépend !" "De quoi?" "Si tu couches avec moi parce que tu m'aimes et que tu veux être ma femme, alors tu n'as pas péché. Tu es tout simplement devenue ma femme. Tu iras lire comment Isaac a marié rébecca dans Genèse 24, 67." "Je le ferai dès que nous serons sortis du bain. C'est de cette façon aussi que Joseph, père de Jésus a pris Marie son épouse." "Que penses-tu des prêtres, des religieux et des religieuses qui ne se marient pas?" "Je pense que s'ils le font pour plaire à Dieu, ils se sont mis le doigt dans l'œil et ailleurs, ils se sont terriblement trompés." "Vraiment?" "Dieu après avoir créé l'homme, il lui a fait une femme et Il lui a donné en lui disant que ce n'était pas bon pour lui d'être seul. C'est encore vrai aujourd'hui. Il leur a dit d'être féconds, de multiplier et de remplir la terre. C'est écrit juste au début de la bible. Ils ont écouté Paul, pas Dieu. Je ne pense pas que Dieu soit en faveur de l'avortement ni du célibat. Ça prend une femme et un homme pour multiplier. Dieu nous a fait créateurs à son image. C'est d'ailleurs pour cette raison qu'Il a fait le sexe aussi agréable. Des prêtres ont condamné ma mère à l'enfer pour avoir évité la famille après avoir eu treize enfants et eux tous évitent la famille en ne se mariant pas.

Pour son dernier, c'était presque du suicide et du meurtre et elle a même été prononcée décédée à son dernier accouchement, mais par miracle Dieu l'a ranimé. Le bébé n'a vécu que vingt trois heures. La mère de ma mère est morte avec deux petites jumelles dans son vendre, parce que son curé lui avait dit qu'elle devait faire son devoir. Une infirmière a gardé son corps chaud jusqu'à ce que le docteur arrive pour lui faire une césarienne. Une d'elles a vécu un gros quinze minutes et l'autre un gros vingt minutes. Son docteur lui avait dit qu'elle ne pouvait plus avoir d'enfants à cause de l'asthme qui l'affligeait. La mère de mon père est morte jeune pour des raisons semblables.

Les résultats ont été tels que mes parents ont à peine connu leures mères et moi je n'ai jamais connu mes grand-mères. Ces dernières années les docteurs décident sans consulter les prêtres, ce qui résulte à modérer cette série de meurtres sordides. Maintenant quand tu lis Jean 8, 44, il est écrit; 'Il a été meurtrier dès le commencement, il est menteur et le père du mensonge.' Est-ce que ça te rappelle quelqu'un?" "L'église, la religion !" "Laisses-moi te dire que tu es en route pour devenir un grand disciple. Il faudrait peut-être sortir d'ici, l'eau s'est refroidie considérablement." "Comment fais-tu? Je pourrais t'écouter pendant des heures." "C'est parce que tu aimes la parole de Dieu." "Tu connais tous ces versets par cœur." "Moi aussi j'aime la parole de Dieu." "Mais comment fais-tu pour savoir toutes ces choses?" "C'est simple, je suis Jésus de Nazareth, celui qu'on a crucifié. Je suis le Dieu d'Israël, celui qui a tout créé."

"Pardonnes-moi, mais tu ne vas quand même pas me dire que tu es Dieu." "Mais je n'ai jamais dit une telle chose." "C'est exactement ce que tu viens de me dire." "Mais pas du tout !" "Je suis confuse." "Je suis Jésus, je suis Dieu. Quel mal y a-t-il à suivre l'un et l'autre? Je suis, suivre. Je suis, tu suis, il suit." "Oh là ! Tu m'as bien eu." "Il faut faire attention quand on lit et quand on écoute aussi.

Quoique selon ce que la chrétienté enseigne, je suis vraiment le frère de Dieu." "Toi, tu serais le frère de Dieu?" "Exactement !" "Il faudra que tu m'expliques." "On t'a bien enseigné que Jésus est le fils unique de Dieu et qu'il serait Dieu fait homme." "Oui, mais qu'est-ce que cela a avoir avec toi?" "Lis Matthieu 12, 50. 'Car quiconque fait la volonté de mon Père qui est dans les cieux, celui-là est mon frère, et ma sœur, et ma mère.'"

"Mais tu as absolument raison." "Je peux aussi te dire que je guéris les malades et que je ressuscite les morts."

"C'est une autre poigne ça encore?" "Il n'y a pas de poigne comme tu dis et rappelles-toi que j'aime la vérité." "Mais je n'arrive pas à te suivre." "Ça viendra. Vas lire Ézéchiel 18 au complet et tu y verras deux choses très importantes, premièrement que nous ne sommes pas responsables des péchés de nos parents ni de nos premiers parents comme l'église nous l'a imputé (le péché originel) ni des péchés de nos enfants. Jésus guérissait les ignorants en leur prêchant la parole de Dieu et il les ressuscitait en les dirigeant vers Dieu. C'est ce qu'il a fait et qu'il continue de faire encore aujourd'hui. Le remède c'est la parole de Dieu. C'est ce que j'ai commencé à faire avec toi." "C'est vrai que je suis ignorante et c'est vrai que je ne connais pas Dieu, mais grâce à toi tout ça va changer." "C'est bien parti.

Il est cinq heures, est-ce que tu fais à souper?" "Je ne travaille plus le jour du sabbat si je peux remettre ça à demain et je n'ai pas vraiment le goût de cuisiner." "Dans une heure le sabbat sera terminé, mais si tu veux, je peux t'emmener à ton restaurant préféré." "Ça serait chouette." "Allons-y et plus tard nous pourrions aller danser." "Ça c'est encore plus chouette." "Habillons-nous et allons prendre l'air."

Nous sommes donc allés souper et parler de choses et d'autres. Après le souper nous avons marché jusqu'à ce que l'heure de la danse arrive. Nous avons aussi dansé à en perdre l'haleine. Cette journée-là fut pour Danielle et moi une autre journée d'une longue série de journées complètes de bonheur. Quelques semaines plus tard son père l'a contacté et il lui a annoncé qu'il commençait à avoir des doutes sur sa religion et l'enseignement de son église. La bonne semence était plantée.

Le lendemain Jeannine rentrait de son voyage toute heureuse de nous revenir. Danielle qui aime la parole de Dieu autant que moi n'a pas perdu de temps avec Jeannine pour pratiquer son évangélisation. Jeannine a vite compris de quoi je parlais quand elle pensait que c'était une autre parabole. Il y a d'autres choses aussi qu'elle a vite compris.

"Tu as dû rencontrer un psychologue, parce que depuis que je suis revenue de chez mes parents, tu réussis à me faire jouir sans bon sens?" "Je ne l'ai pas rencontré, mais j'ai quand même appris à l'écouter." "Comment as-tu eu l'information?" "C'est Danielle qui me les a procuré et elle me les a transmis d'une façon assez spéciale. L'important c'est que ça fonctionne très bien."

Nous avons continué ce train de vie pendant plusieurs mois, jusqu'au jour où Danielle a constaté un changement dans son système hormonal.

"Jacques, il faut que je te parle d'un sujet très important." "Je veux bien, qu'y a-t-il ma chérie?" "Je ne veux surtout pas que tu te sentes obligé à quoi que ce soit, main tu vas être papa dans quelques sept mois." "Mais c'est une merveilleuse nouvelle. L'as-tu dit à Jeannine aussi?" "Pas encore, tu es le premier à le savoir à part mon gynécologue." "Comment as-tu fait pour cacher ça à ta meilleure amie?" "Je viens tout juste d'avoir la confirmation moi-même. Je pense aussi qu'il est temps de parler de se faire construire une maison car, je ne veux pas élever notre enfant dans un condo. Je veux qu'il ait un endroit pour courir et jouer." "Tu as parfaitement raison ma chérie, mais cette conversation concerne Jeannine aussi et elle devrait en faire parti." "Bien sûr que cela la concerne, mais je voulais connaître ta réaction en premier." "Danielle, mon cœur je suis prêt pour ce jour depuis la première fois où j'ai levé les yeux sur toi. Tu as dû remarquer que je n'ai jamais pris de protection pour aller avec toi." "Je croyais que tu comptais sur moi pour éviter la famille." "Je comptais surtout sur toi pour décider quand tu voudrais fonder une famille. Moi, je suis prêt depuis longtemps." "Je t'aime mon amour et j'ai toujours su que tu es l'homme qu'il me fallait." "Tu veux dire, qu'il vous fallait." "C'est c'que je disais d'ailleurs."

"Quand est-ce qu'on peut continuer cette conversation à trois?" "La semaine prochaine nous travaillons toutes les deux de jour, ce qui fait que nous aurons toutes les soirées ensemble pour discuter." "C'est merveilleux. Dis-moi, l'as-tu fait exprès?" "Exprès quoi?" "Pour tomber enceinte?" "Disons que j'étais prête et que je ne faisais plus attention du tout."

"J'ai eu comme l'impression que tu me cherchais plus souvent que d'habitude ces derniers mois. Cela va emmener beaucoup de changements dans notre vie, tu l'as réalisé, n'est-ce pas? " "Moi, je suis prête et tu dis l'être toi aussi, ce qui fait qu'il n'y a pas de problème." "Il y a quand même un problème." "Qu'est-ce que c'est?" "Je ne veux pas qu'il soit un enfant illégitime, un enfant de l'état. Il faudra donc se marier." "Je ne veux surtout pas que tu te sentes obligé, tu sais?" "Je ne me sens pas obligé du tout, mais tu vois, nous les enfants de mes parents nous avons été traités comme des bâtards dans le village où nous avons grandi." "Pourquoi? Tes parents n'étaient-ils pas mariés?" " Ils étaient mariés mais, c'était comme s'ils ne l'étaient pas." "Je ne comprends vraiment pas." "Et bien, le curé du village a fait venir comme il se doit leurs baptistères d'où ils venaient et où ils avaient été baptisés." "Où est le problème?" "Le curé d'où ils venaient a omis d'écrire sur leurs certificats de naissance qu'ils avaient été mariés. Heureusement mais tardivement leurs témoins étaient encore vivants.

Cependant pour nous les enfants il était trop tard." "Que vous est-il arrivé?" " Nous avons été bafoués dans presque la totalité de nos années d'école." "Mais c'est terrible ça." "Qu'est-ce que tu veux, l'église est infaillible." "Pauvre toi ! Vous avez eu une enfance malheureuse." "Oui mais j'en suis heureux aujourd'hui." "Comment peux-tu être heureux aujourd'hui d'avoir eu une enfance malheureuse?" "Parce que cela m'a conduit à chercher et à trouver la vérité que je connais et que je peux partager avec toi et tous ceux que je rencontre, puis crois-moi, il n'y a pas de plus grand bonheur.

Comprends-tu, je suis libre comme le vent, libéré de toute esclavage. Même s'il n'y avait eu que toi qui m'écoute cela en valait la peine." "Tu as une grandeur d'âme incroyable, le sais-tu?" "Si tu le dis, je veux bien le croire." "Quoi d'autre peux-tu me dire aujourd'hui sur les mensonges et les contradictions que tu as trouvé?" "Il y en a de très grands et flagrants. Dans Jean 3, 16. Il est dit là que Dieu a tant aimé le monde alors qu'Il demande à ses disciples de se retirer du monde, de ne pas vivre dans le monde, que le monde est un lieu de perdition. Il est dit qu'Il a sacrifier son fils unique, ce qui laisse entendre que Jésus est son premier-né, alors qu'il est écrit dans Luc 3, 38 qu'Adam est le premier homme et fils de Dieu. Et finalement il est écrit que Jésus est fils <u>unique</u> de Dieu alors qu'Adam est aussi fils de Dieu. Il est aussi écrit dans Genèse 6, 2 'Les fils de Dieu virent que les filles des hommes étaient belles, et ils en prirent pour femmes parmi toutes celles qu'ils choisirent.' Ce qui laisse entendre que les anges avaient des désirs sexuels. Regarde aussi dans Deutéronome 32, 19; 'L'Éternel l'a vu et Il a été irrité, indigné contre <u>ses fils et ses filles</u>.' Ce qui me surprend vraiment et le plus Danielle, c'est que je n'ai jamais entendu personne en parler avant moi.

Penses à tous les enseignants, les chercheurs, les savants et érudits, les pasteurs, les prédicateurs, les prêtres, évêques et infaillibles papes et j'en passe qui sont et qui sont passé sur terre. La bible est selon mes connaissances le livre le plus vendu au monde.

Se peut-il que des milliards et des milliards de personnes puissent avoir été aveuglés à ce point?" "C'est peut-être parce que le temps n'était pas encore venu ou ce qui me fait très peur, ça serait que tous ceux qui en ont parler ont été assassinés comme Jésus." "Là tu viens de marqué un point.

Ce n'est pas du tout impossible, puisque Jésus l'a déjà prédit. Maintenant je viens de lire que les fils de Dieu prirent les filles des hommes, te souviens-tu?" "Oui ! Pourquoi?" "Et bien Dieu en était tellement fâché qu'Il a envoyé le déluge." "Oui, mais cela me paraît juste." "Les fils de Dieu que penses-tu qu'ils étaient?" "Moi, je dirais des mauvais anges." "Moi aussi !" "Je ne vois toujours pas où est le problème."

"Dieu a condamné les habitants de la terre parce que des anges, des esprits ont pris des femmes, puis Lui-même aurait enfanté Marie mère de Jésus? Puis, Jésus pour être le messie se doit d'être descendant direct et paternellement de la lignée du roi David." "Ça ne tien vraiment pas debout. Mais c'est une abomination." "Maintenant vas lire Matthieu 24, 15. 'C'est pourquoi, lorsque vous verrez l'abomination de la désolation, dont a parlé le prophète Daniel, établie en lieu saint,--que celui qui lit fasse attention.' La bible est bien appelée sainte, n'est-ce pas?" "Mon Dieu, mais Jacques cela signifie que nous sommes rendus à la fin des âges." "Il nous reste à faire des disciples de toutes les nations comme Jésus nous l'a demandé et à leur enseigner tout ce qu'il a prescrit. Matthieu 28, 19 - 20." "Nous avons du pain sur la planche." "J'espère juste pouvoir en faire la multiplication, tout comme Jésus." "Tu as déjà commencé Jacques." "Je vais donc commencer une chaîne de lettre venant d'un disciple de Jésus afin de réveiller quelques-uns de ceux qui la liront tout en espérant qu'eux aussi se mettre à faire la multiplication du pain de vie." "Bon mais, c'en est assez pour moi aujourd'hui." "Une seule autre question, si tu permets?" "Qu'est-ce que tu as en tête?" "Le bébé et le baptême !" "Tu me demandes ce que j'en pense?" "Oui !'" "Je ne sais pas vraiment quoi te dire, mais je te fais confiance." "Jésus a été circoncis à l'âge de huit jours et il a été baptisé à l'âge de trente ans. Selon moi, il faut croire en Dieu pour être baptisé et Jésus a bien dit que les enfants font déjà parti du royaume des cieux. Puis, personne ne peut répondre pour d'autres. Jean Baptiste a dit qu'il baptisait avec de l'eau, mais que Jésus qui est plus puissant que lui baptiserait de feu et de l'Esprit-Saint. Tous les deux ont fait cela pour emmener le monde à la repentance.

Présentement tu te fais baptiser par l'Esprit-Saint, la parole de Dieu. Nous sommes donc d'accords, l'enfant sera baptisé s'il le veut et lorsqu'il le choisira lui-même." "C'en fait du bagage ça." "Tu fais bien de m'arrêter quand tu en as assez. Tu sais moi, j'en ai pour le reste de ma vie. Bonne nuit ma chérie." "Bonne nuit mon homme."

Quelques jours plus tard nous avions cette fameuse conversation sur la nouvelle vie qui nous attendait tous. Même si l'enfant était grandement bienvenu, il allait quand même changer plusieurs de nos habitudes.

"Il va nous falloir une grande maison." "Oui Jeannine et je pense qu'elle serait mieux d'être en campagne pour éviter les ragots et les commérages des villes. Il y aura des jasettes en grands nombres à partir du moment où quelqu'un me verra embrasser l'une et l'autre de vous deux." "Jeannine et moi nous nous foutons des qu'en-dira-t-on." "Vous changerez d'avis lorsqu'ils s'attaqueront aux enfants." "Je n'avais pas pensé à cet aspect-là. Qu'est-ce que tu suggères?" "Je pense qu'il vaudrait mieux trouver un terrain d'une superficie de cinq âcres au moins ou encore mieux, essayer de trouver une ferme abandonnée quelque part pas trop loin de la ville. Pour tout dire, j'aimerais bien faire un peu d'élevage à part la famille bien sûr." "Nous ne connaissions pas ce côté-là de toi." "Mais Danielle, tu devrais savoir à l'heure qui court que je suis plein de surprises. J'espère que ce n'est pas trop désagréable." "Pas du tout, même que je pense que tu as de très bonnes idées."

"Quand penses-tu Jeannine?" "Je pense que nous avons un homme qui m'étonne de plus en plus." "Moi aussi ! Alors qu'est-ce qu'on fait?"

"Nous cherchons une ferme même si elle est toute nue?" "Moi, je suis d'accord." "On pourrait y bâtir une ou deux ou même trois maisons, selon nos désirs et nos moyens."

"On pourrait y bâtir un duplex où nous aurions chacun nos cartiers. Tu pourrais voyager d'un logis à l'autre au lieu d'une chambre à l'autre." "Est-ce que je peux faire une autre suggestion?" "Bien sûr, tu es la pierre angulaire de notre vie." "Je suggère un triplex flat où une aurait son logis à gauche et l'autre à droite, mais tous les deux attachés à mes cartiers qui seront au milieu des deux. Ça serait à notre image." "C'est tout simplement une idée merveilleuse."

"Moi, je veux trois grandes chambres à coucher, une grande chambre de bain et une moyenne, un grand salon, une grande cuisine ainsi qu'une grande salle à manger." "Moi aussi !"

"Je peux bâtir à la grandeur que vous voulez et de vos moyens." "Ça sera presque un château." "Ce n'est qu'en campagne que nous pouvons nous le permettre." "Tu as bien raison, moi, je vote pour ça."

"Moi aussi !" "Alors nous sommes tous d'accords. Ça va coûter beaucoup de sous." "As-tu une petite idée?" "Ça se situera entre quatre cent et cinq cents milles dollars si c'est moi qui la bâti." "Notre condo vaut un peu plus de deux cents milles et il est presque tout payé et chacune de nous avons près de cent milles à la banque." "Moi, j'ai une offre de cent quatre-vingt milles sur ma maison depuis un bon bout de temps et le gars s'impatiente, puis elle est claire à moi. Ce qui fait que l'argent n'est pas un problème." "Combien de temps penses-tu avoir de besoin pour compléter les travaux?" "De cinq à six mois, mais il me faut d'abord terminer mes travaux en cours." "En as-tu pour longtemps?" "J'en ai pour de trente à quarante-cinq jours en remettant une maison à plus tard." "Ça veut dire que notre maison pourrait être terminée pour la venue de notre bébé." "Il y a de bonnes chances." "Oh ! Ça serait merveilleux." "Ne m'étouffes pas Danielle, comme tu dis si bien, j'ai du pain sur la planche." "Multiplies chéri, multiplies." "Entre temps nous avons un mariage à atteindre. Auras-tu le temps de t'occuper des préparations Danielle?" "Jeannine va m'aider et je n'y vois aucun obstacle pour le moment."

"Parlant de multiplication, moi je me fais vieille et il ne faudra pas tarder trop longtemps parce que j'en veux quatre." "Es-tu sûre que trois chambres à coucher seront assez Jeannine?" "Nous mettrons deux filles dans une chambre, deux garçons dans une autre et la troisième pour papa et maman. Nous pourrons toujours finir le sous-sol plus tard." "Alors tout est bien qui finit bien. Avec vous deux et tous mes travaux je serai très occupé. Est-ce que vous pouvez aussi jeter un coup d'œil sur les propriétés à vendre? Peut-être vaudra-t-il mieux mettre un article dans le journal spécifiant exactement ce que nous cherchons.

Si nous achetons une terre dont personne ne veut, elle sera bon marché. Tout ce qui nous importe vraiment c'est qu'elle ne soit pas trop loin de notre travail. Cela me rappelle que j'ai une dure journée de travaille qui m'attend demain, il vaudrait mieux que j'aille dormir un peu.

C'est ton tour ce soir Jeannine, ne tardes pas trop si tu veux du nanane." "Si je te manque ce soir je me rattraperai au matin." "C'est comme tu voudras. Allez, donnez-moi un câlin vous deux avant que je disparaisse dans les rêves de la nuit."

J'avais bien senti qu'elles avaient besoin d'une conversation entre elles et je ne voulais certainement pas m'interposer. En plus un soir sans sexe était presque bienvenu pour moi.

À ce stage de notre vie nos familles avaient accepté bon gré mal gré notre situation maritale. Il restait cependant la question de la polygamie. Il était certain que l'une comme l'autre voulait le mariage. Il nous fallait et ça sous peu trouver une solution à notre dilemme.

Je me suis donc affairer à des recherches sur l'Internet. Du coté des mormons j'ai pu trouver toutes sortes de réponses sur la chrétienté et sur les évangiles, mais aucune sur le mariage, comme si c'était un sujet tabou. Je pense qu'il me faudra aller rencontrer un de leurs ministres en personne pour obtenir une réponse. La seule pensée d'être obligé de faire parti d'une religion pour quelques raisons que ce soient me donne des frissons dans le dos. Il y a une déclaration de Jésus qui en dit long dans Matthieu 6, 24. 'Vous ne pouvez pas servir Dieu et Mamon.' Il faudra donc trouver un autre moyen.

En ce qui me concerne dans mon fond intérieur, je suis déjà marié à chacune d'elles autant que l'était

Salomon à ses sept cents femmes ou le roi David, homme qui marchait selon le cœur de Dieu.

"Tu vas donc l'épouser avant moi." "Jacques insiste pour que nous soyons mariés avant la naissance du bébé." "Ça serait formidable si nous pouvions nous marier le même jour." "Je ne pense pas qu'il y aura une solution facile. Quoi qu'il arrive, tu ne seras jamais laissé de coté ni en arrière.

Ce n'est certainement pas une question de cœur pour Jacques, mais plutôt une question de l'égalité. Il est autant amoureux de toi qu'il l'est de moi." "Pauvre lui, ça ne doit pas toujours être facile dans sa tête. Je lui fais confiance, il semble toujours trouver une solution à tout. As-tu pensé à combien d'enfants tu voulais?" "Non ! Je veux seulement prendre ça un jour à la fois." "J'en reviens pas de la façon dont il projette de nous installer dans une sorte de château pour nous tous loin des yeux et des oreilles mesquines." "Je pense aussi que ça sera merveilleux de demeurer sur une petite ferme bien à nous. Je sais que les enfants y grandiront dans le bonheur. Tu es sérieuse quand tu dis vouloir quatre enfants." "On ne peut pas être plus sérieuse que moi." "À nous deux nous pourrions avoir une douzaine d'enfants." "Ça n'en prend deux comme nous pour en valoir une comme sa mère." "T'imagines-tu treize enfants la même femme?" "Non ! Pas moi ! Ça ne te fait pas peur à toi ses connaissances bibliques?" "Un peux, surtout sachant qu'il n'y a pas si longtemps les personnes comme lui on les faisait brûler sur un bûché et vivant en plus, les accusant de sorcellerie."

"Heureusement nous ne vivons plus ça de nos jours." "Moi, je n'en suis pas si sûre." "Arrêtes là, tu me fais peur." "Il y a des assassinats dans le monde dont nous ne saurons jamais ce qui s'est passé ni pourquoi." "Arrêtes-toi, je ne pourrai plus dormir." "Louis Riel est l'un des derniers connus et nous savons tous comment on s'en est débarrassé. Sa femme est devenue une jeune veuve et ses enfants de jeunes orphelins." "Comment est-il mort et pourquoi?" "On l'a accusé de trahison, mais selon Jacques, c'est plutôt parce qu'il avait une trop grande connaissance de la vérité et il a eu le malheur d'en parler avec son supposé ami, un évêque. On l'a accusé de trahison contre l'état alors qu'il avait trahi sa religion. Son dernier souhait à son procès lorsque le juge lui a demandé, il a dit; 'Je souhaite votre honneur que nous nous séparions de Rome, puisqu'elle est la cause des divisions dans le monde.'

Cela a suffi pour le déclarer coupable. C'en était fait du pauvre homme. Il a été pendu haut et court et la vérité a été étouffé avec lui pour un autre centenaire." "Mais cela signifie que la vie de Jacques ne tient qu'à un fil." "N'aies pas peur, car la vie de tous ne tient qu'à un fil, mais la sienne au moins vaut la peine d'être vécue. Il est d'une force physique et spirituelle hors du commun et il saura répandre la vérité d'une façon sécuritaire. Il l'a fait jusqu'à ce jour." "C'est vrai que grâce à lui nous ne sommes plus aussi endormies que nous l'étions." "Quoiqu'il en soit nous ferions peut-être mieux d'aller dormir un peu." "Il n'est pas deux heures?" "Oui ma chouette, il est tard." "Il ne nous reste que cinq heures de sommeille. Il vaut mieux mettre plus qu'un réveille-matin. Bonne nuit !" "Bonne nuit ! Dors bien."

"Jeannine, Jeannine il est temps de te lever, tu travailles ce matin." "Quoioioioi, je veux dormir." "Il est tout près de sept heures, il faut que tu ailles travailler. Tu as veillé trop tard, n'est-ce pas? Je dois partir maintenant, bonne journée." "Byeeeeeeeee."

"Danielle, je dois partir et te laisser te débrouiller avec Jeannine. Elle a du mal à se lever. Bonne journée !" "Toi aussi mon chéri !"

Chapitre 3

Je m'en suis allé chez moi et j'ai téléphoné à mon contremaître pour déléguer du travaille pour la journée. Ensuite après avoir pris mon déjeuné, je me suis installé à ma table de dessin afin de mettre sur papier les plans que j'avais en tête. Ce n'était pas facile de me concentrer sur ce travail avec une multitude d'appels téléphoniques qui ne cessaient d'entrer. Trois des interlocuteurs insistaient pour que leur maison soit bâtie par mon entreprise. Le seul problème fut le timing, car je n'étais pas disponible avant le mois d'août à moins que je n'engage plus de personnel. Du personnel sur lequel tu ne peux pas garder un œil averti et une oreille attentif peut être très dangereux et coûteux. J'ai déjà perdu de fortes sommes d'argent après avoir fait confiance à des sous-traitants qui ne se sont pas gênés pour faire des coches mal taillées. Ce sont des leçons de vie qui ne s'oublient pas facilement. Il vaut mieux faire un peu moins d'argent que d'en perdre. Faire, défaire et refaire sont des manœuvres qui sont dispendieuses. Tous comptes faits, il vaut mieux remettre à plus tard ce que tu ne peux pas faire maintenant.

'Que celui qui a des oreilles pour entendre, entende !' Malgré tout à la fin de la journée j'étais quand même pas mal avancé et il ne restait que quelques minuscules détails à compléter. Bien sûr il resterait plusieurs choses à discuter avec mes deux femmes adorables, mais j'étais certain que ça ne serait que des détails insignifiants comme la couleur des armoires et des murs. Les calcules pour les coûts de cette fameuse maison étaient terminés, mais j'avais pris la décision de ne pas en parler avant d'avoir complètement en mains tous les plans et devis. J'avais appris à mes dépends de ne jamais donner un prix final à un client avant de pouvoir lui montrer ce qu'il recevra pour son argent. Il était vrai que j'avais mes propres épouses pour clientes, mais les mêmes règles devaient s'appliquer. Elles voulaient quelques chose de grand, je pense qu'elles auront quelque chose de grandiose. La superficie de cette maison sera de 5472 pi. carrés, sans compter le garage sous mes cartiers et le sous-sol de chaque côté. J'ai déjà bâti un immeuble de sept logements qui était plus petit que cette maison-là. Néanmoins ce que mes femmes veulent, moi je le veux aussi. Il restait encore à trouver un endroit pour l'édifier.

À quatre heures cinquante-cinq le téléphone sonna une dernière fois et j'entendis la merveilleuse voix douce de ma charmante future maman.

"C'est toi Jacques?" "Est-ce moi que tu veux mon ange?" "Personne d'autre ! Le souper est presque prêt et nous t'attendons, le couvert est déjà mis, tu ne peux plus refuser." "Le temps de me laver un peu et me raser puis, je viendrai." "Ne tardes pas c'est bon quand c'est chaud." "Donnes-moi une trentaine de minutes et j'arrive." "À bientôt, je t'aime." "Moi aussi !"

Je me suis donc empressé, car je ne voulais pas faire attendre ces deux dames qui n'ont pas tellement souvent l'occasion de nous réunir tous les trois ensemble pour un souper causerie. Elles doivent malheureusement tour à tour faire des quarts de soirées et de nuits. Trente-cinq minutes plus tard j'étais à table avec elles pour une soirée que j'avais anticipé n'être que de discutions sur nos projets de nouvelle habitation. Il en fut tout autrement quand j'entendis soudain,

'Toi mon cher Jacques c'est à ton tour de te laisser parler d'amour. Toi mon cher Jacques c'est à ton tour de te laisser parler d'amour. Bonne fête à toi ! Bonne fête à toi ! Bonne fête mon cher Jacques ! Bonne fête à toi.'

Une vingtaine d'invités qui étaient cachés dans les chambres s'étaient donnés le mot pour sortir tous ensemble au moment précis où le dessert allait être servi.

Ma mère et quelques-unes de mes sœurs faisaient parti des invités qui avaient répondu à l'invitation ainsi que les parents de Danielle et de quelques amis et de leurs confrères et consœurs de travaille. Je ne raffole pas tellement de ces soirées surprises, mais néanmoins cette soirée-là s'est avérée grandement utile pour ce qui devait se passer quelques temps plus tard. J'étais plus que ravi de faire la connaissance des parents de Danielle qui en avaient long à dire sur la religion catholique et ils avaient aussi une série interminable de questions concernant les mensonges et les contradictions qui se trouvaient dans la sainte bible.

Ils n'en finissaient plus et j'ai dû être presque impoli pour les introduire à ma mère afin de pouvoir m'approcher de Danielle qui elle avait du mal à se distancer du jeune docteur. Jeannine semblait bien s'amuser en compagnie de mes sœurs qui elles voulaient tout savoir sur la nature de notre relation à trois. Je me suis senti très concerné à propos du comportement étrange du docteur qui lui était plutôt du genre à faire des reproches. J'ai donc invité Danielle à venir me parler dans une chambre pour quelques minutes.

"IL semble y avoir un problème avec ton ami le docteur, Danielle?" "Il ne s'est jamais comporté de cette façon auparavant." "Connais-tu la nature de son problème?" "J'ai comme l'impression qu'il sait à propos de Jeannine et moi te concernant." "Mais cela n'est aucunement de ses affaires même s'il le savait." "Es-tu sûre qu'il n'y a rien d'autre?"

"Je crois qu'il est jaloux et qu'il voudrait bien être dans tes souliers." "Mes souliers sont bien trop petits pour lui, mais là n'est pas la question, il a semblé t'embêter pour la dernière demi-heure." "Il est dans une position pour me causer du trouble au travail." "Tu ne vas certainement pas céder au chantage, n'est-ce pas?" "Ce n'est pas mon intention, mais quand même, j'aime mon travail." "Il ne faudrait pas que tu sacrifies ton bonheur pour ton travail." "Ne crains rien c'est toi qui compte le plus et tu seras toujours ma priorité." "Je le savais, mais c'est quand même bon de l'entendre.

Veux-tu que je lui parle?" "Non, je vais lui répéter ce que je viens de te dire et s'il ne comprend pas alors tu lui parleras. Est-ce que cela te va?" "C'est comme tu voudras ma chérie et en ce qui me concerne il n'est pas bienvenu à mon party." "Je serais heureux que tu lui demandes de prendre congé." "Je le ferai et je te demande pardon pour l'avoir invité." "Ce n'est pas de ta faute s'il agit comme un idiot. Allons-y avant que nos invités se demandent si nous sommes en train de faire l'amour." "Franchement ça ne serait pas une si mauvaise idée."

Nous sommes sortis aux regards de tous, mais le docteur avait déjà fait ses excuses et pris congé de l'assemblée. Je pense qu'il avait senti la soupe chaude et il avait deviné ce qui se tramait. Je savais dès lors que c'était une histoire à suivre. Il faudra tôt ou tard tirer les choses au clair avec mes deux amoureuses. La fête avait commencé tôt et elle devait de terminer tôt, puisque presque tous devaient travailler le lendemain. À dix heures tous les invités étaient sur leur départ et il nous restait à ramasser les verres et les bouteilles. Les verres ont pris le bord de la laveuse à vaisselle accompagnés des assiettes à gâteau. Les bouteilles et les canettes dans une boite que je devrai emmener au magasin ou encore dans un dépôt.

"Ce n'est pas la peine de te demander si tu as aimé ta soirée mon chéri." "C'était une fête surprise avec quelques surprises, mais ma fête est seulement la semaine prochaine." "Nous avons quelque chose autre d'organisé pour la semaine prochaine et c'est pourquoi nous avons choisi ce soir où nous pouvions réunir un certain nombre de personnes."

"J'ai trouvé tes parents très gentils, intéressants et intéressés." "Ils dévorent la vérité tout comme moi et c'est pour moi un grand bonheur."

"Je voudrais bien pouvoir en dire autant des miens." "Cela viendra peut-être Jeannine, il faut seulement qu'ils comprennent qu'il faut aimer Dieu et sa parole plus qu'eux-mêmes et surtout plus que leur religion."

"Danielle dis-moi, que s'est-il passé avec Raymond?" "Il a semblé vouloir me faire comprendre quelque chose te concernant Jeannine, comme s'il voulait semer la brouille entre nous." "Je connais son problème." "Dis-le-nous, c'est quoi?" "L'an dernier, il me courrait après et je pense qu'il en a après toi maintenant. Il pense que Jacques te trompe avec moi. Je lui ai fait comprendre que je n'étais pas du tout intéressé et je pense qu'il te faudra faire de même si tu n'es pas intéressé à lui." "Être intéressé à lui, mais j'aimerais mieux mourir. Ni à lui ni à personne d'autre, j'ai l'homme qu'il me faut."

"Dis-moi Danielle, pourquoi l'as-tu invité au juste?" "Il s'était montré gentil et il s'est pratiquement invité lui-même. Je ne crois pas qu'il a beaucoup d'amis et j'ai cédé. Je vais le mettre à sa place pas plus tard que demain.” “Bon assez parlé de lui, que dire si nous allions nous coucher maintenant? À qui le tour?” “C’est encore mon tour, mais Danielle a besoin de toi plus que moi ce soir, elle a de la peine. Elle a un grand besoin d’être cajoler. J’ai eu un bon temps avec tes sœurs Jacques. Elles étaient très curieuses à savoir comment tu faisais pour nous satisfaire toutes les deux et comment il se pouvait qu’il n’y ait pas de jalousie entre nous. Je pense les avoir convaincu, du moins elles ont semblé l’être.” “Tu es superbe, je t’aime, bonne nuit.”

“Bonne nuit Danielle, profites-en.” “Je vais y mettre toute l’ardeur que tu y aurais mis toi-même. Merci !” “Tu es bienvenue, mais pas trop souvent.”

“T’en fais pas Jeannine, tu ne perds rien pour attendre.”

“Dors bien jeudi soir parce que vendredi soir je te garderai éveillé toute la nuit.” “Ça promet.”

Après s’être débarbouillés quelque peu nous sommes tous allés au lit. J’ai regardé Jeannine s’éloigner, je dois l’avouer avec un peu de regrets, mais quand même je savais que je ne serais pas à plaindre entre les jambes de Danielle.

“Tu ne m’en veux pas trop?” “Je n’ai rien et tu n’as rien à te reprocher mon bel amour et qui sait, l’avenir nous le dira, ça sera peut-être un jour la meilleure chose que tu aies fait.” “Je ne comprends pas, mais si tu le dis, c’est que ça doit être vrai.” “Maintenant assez parlé de tout ça, tais-toi et laisses-moi t’aimer à ma manière, veux-tu? Et essai de ne pas trop crier, Jeannine a besoin de sommeil.”

“Quand je crie c’est parce que c’est tellement bon que je pense ne pas pouvoir y survivre.” “Je veux te faire l’amour tant tu puisses en jouir, je veux te faire l’amour tant tu veuilles en mourir. J’ai déjà mis ces paroles-là dans une chanson.” “Il faudra que tu me la chantes au complet un jour." "Pas maintenant, là j'ai faim." "Sers-toi, le repas est servi. Hum, le fruit est juteux et délicieux.

Je lui ai fait l'amour sans répit jusqu'au milieu de la nuit tout en espérant que les murs de ce condo n'avait pas des oreilles trop fines et que Jeannine elle avait des protège-tympan.

La levée du corps n'a pas été facile ce matin-là ni pour Danielle ni pour moi. Ce n'est pas facile pour moi surtout de demeurer de bonne humeur toute la journée dans ces cas-là. Cependant lorsque je semble perdre patience je n'ai qu'à penser à ce qui m'a tenu éveillé et le mal passe.

Danielle n'a pas perdu de temps pour affronter Raymond, le docteur qui est presque toujours sur le même quart qu'elle.

"Raymond, quand tu auras quelques minutes, j'aurais à te parler." "J'ai du temps maintenant, allons dans la salle de conférence." "Tu es bien ravissante ce matin, qu'as-tu mangé pour déjeuner." "La même chose que d'habitude, mais j'ai fait l'amour presque toute la nuit et je suis enceinte de Jacques, c'est peut-être la ou les raisons de mon épanouissement. Est-ce que je peux savoir quel était ton problème hier soir? Est-ce que tu sais que tu as gâché notre soirée? Je n'ai vraiment pas apprécié." "Je m'excuse, car ce n'était pas mon intention." "Dis-moi alors qu'elle était ton intention?" "Es-tu sûre que ton Jacques est totalement honnête avec toi?" "Il n'y a pas un homme sur terre plus honnête que lui. Sans vouloir de blesser, je peux te dire que tu ne lui arrives pas à la cheville du pied." "Ça reste à voir." "Pour toi peut-être, mais moi j'ai déjà tout vu." "Je pense qu'il te trompe avec Jeannine. Une chose est certaine c'est que Jeannine est grandement amoureuse de lui et ça se voit à l'œil nu." "Qui pourrait la blâmer, il est un homme merveilleux en plus d'être très séduisant?" "Ça ne te dérangerait pas qu'il te trompe avec ta meilleure amie?" "Jeannine est l'amie la plus fidèle qu'on puisse trouver. Elle est fidèle comme qui dirait, à la vie à la mort." "Si c'est comme ça que tu vois les choses, moi, je n'ai plus rien à dire." "Moi j'espère que tu ne diras plus rien à ce sujet. Est-ce que je me fais bien comprendre?" "C'est assez clair, merci." "C'est tout ce que j'avais à dire. Bonjour !"

Elle est sortie de la salle en le laissant songeur derrière elle. Elle n'était cependant pas convaincue que cela avait été suffisant pour qu'il cesse son obsession.

De mon côté après avoir vu à ce que les travaux continuent en bon roulement sur mes chantiers je me suis consacré sur les plans de notre maison dont je rêvais de plus en plus. Il va sans dire aussi que je mourrais d'envie de leur en faire part. Une seule chose m'inquiétait un peu, c'est que le coût total allait s'élever un peu plus que prévu. Toutes les deux voyaient grand, ce qui a fait que j'ai dessiné grand. La longueur totale de la maison est de cent cinquante-deux pieds. Les taxes d'une pareille maison dans une ville seraient d'au moins vingt milles dollars annuellement.

À trois heures trente j'ai appelé au condo pour leur annoncé que j'irais souper avec ma mère ce soir-là et que je viendrais les voir vers neuf heures. Ma mère est toujours convaincue que nous sommes dans l'erreur de vivre comme nous le faisons.

"Etes-vous conscients que vous aurez toute la société contre vous?" "Ce n'est pas vrai maman, il y a des communautés au Canada où les hommes ont plus d'une femme et plusieurs enfants." "Ce n'est quand même pas bien vu." "Moi tout ce qui m'occupe est que je sois en règle avec Dieu." "Dieu n'a donné qu'une seule femme à Adam et elle se nommait Ève." "Il n'était quand même pas pour le désosser au complet juste après l'avoir créé pour lui donner plus d'une femme. Cela a dû sûrement être assez douloureux comme ça.

Nous saurons bien un jour combien de femmes Adam et Jésus ont eu. Jésus n'a pas eu de femme." "Je n'en suis pas si sûr." "Qu'est-ce qui te fait dire une telle chose?" "Premièrement dans Jean 3, 2 un pharisien de la loi s'adresse à Jésus en l'appelant Rabbi. Alors moi je sais que pour être un rabbi en ces jours-là il fallait être âgé de trente ans et être marié." "Ça, ça me dépasse." "Tu sais aussi qu'il y avait des femmes qui le suivaient et le servaient. Avait-il besoin de quatre femmes pour le servir? Puis, on a découvert dernièrement la tombe de Jésus sur laquelle il est inscrit le nom de Marie Magdeleine et pour se faire, il fallait qu'elle soit sa sœur ou soit sa femme." "Ça ce n'est que des suppositions pour l'instant." "Peut-être bien. Les vérités inconnues et cachées sortiront tôt ou tard.

Il y a une autre chose très importante qu'il faut que je te dise maman et c'est que Jésus avait à cœur de faire toute la volonté de son Père qui est dans les cieux. Une des premières volontés du Père c'est que l'homme ait une ou des femmes, qu'il soit fécond, qu'il multiplie et qu'il remplisse la terre." "Il a plutôt dit que chaque homme ait sa femme." "Ça vaut encore mieux que de dire; 'Si tu ne te maries pas tu fais mieux.' Et 'je souhaite que tous les hommes soient comme moi.' Sans femme et sans enfant, messages de Paul." "Il faudra remettre cette conversation à plus tard maman, j'ai dit aux filles que je serais là vers neuf heures, ça ne me laisse pas grand temps pour m'y rendre."

Ce qui m'étonne le plus dans toutes mes conversations avec la plupart des gens, y compris ma mère, c'est le fait que presque tous aient avalé les mensonges à grandes bouchées, qu'ils les aient bien digéré et qu'il faut leur donner la vérité à petite cuillère et ça encore avec précaution. Il est vrai que la vérité est un remède à leur maladie, mais pour moi elle est comme un bon miel doux. Ce n'est pas pour rien que Jésus a dit à ses disciples dans Matthieu 10, 8 ; 'Guérissez les malades.' C'est vrai aussi qu'un malade qui sait qu'il est malade est moins malade que celui qui ne le sait pas. Il était déjà neuf heures quinze lorsque je me trouvais à la porte de mes charmantes dames qui m'attendaient impatientes.

Pour Danielle c'était pour me faire part de sa conversation avec le docteur et Jeannine pour avoir trouvé quatre propriétés susceptibles de nous intéresser tous.

"Je pense que Raymond a compris le message. T'aurais dû lui voir la face quand je lui ai dit que nous avons fait l'amour presque toute la nuit et que j'étais enceinte de toi." "Il ne t'a pas suggéré l'avortement j'espère?" "Non, mais ce n'est sûrement pas l'envie qui lui a manqué. Je pense qu'il va nous laisser tranquille à partir d'aujourd'hui." "C'est à espérer."

"Toi Jeannine, tu sembles anxieuse de m'annoncer des bonnes nouvelles." "Oui, depuis que nous en avons parlé je meurs d'envie de connaître l'endroit où nous allons vivre et surtout de voir cette maison de rêve." "Et bien les plans sont pratiquement terminés et je suis presque sûr que vous allez aimer. J'y ai consacré presque toute la semaine." "Tu as vraiment notre bonheur à cœur, n'est-ce pas?" "Mes chéries, il n'y a que ça qui compte." "Quel homme charmant ! C'est mon tour ce soir, mais tu ne vas pas me faire l'amour." "Est-ce que j'ai fait quelque chose de croche?" "Bien au contraire, mais c'est moi qui vais t'en donner. Tu vas recevoir le traitement au complet." "Ça promet."

"Arrêtez-vous deux, vous allez me faire jouir juste à vous écouter." "Excuses-moi Danielle, mais ce n'était mon but." "J'le sais bien, mais vous entendre est comme écouter un film sensuel."

"Vas-tu faire ton bonheur toi-même?" "J'aime mieux attendre que de me sentir trop seule."

"Bon c'est assez, revenons à nos moutons."

"J'ai trouvé deux différentes sections de cinq âcres, une vielle ferme abandonnée sur laquelle coule une petite rivière, avec une vielle grange et une petite maison qui tombe en ruine." "Sais-tu à quelle distance elle se trouve?" "Attends un ptit peu, j'ai ça ici. Elle est à dix-huit kilomètres des limites de la ville." "Est-ce que c'est trop loin pour vous deux?" "Non, pas pour moi !"

"Pour moi non plus, sans compter que nous pourrons souvent voyager avec toi."

"Moi, je ferais encore plus de millage pour me rendre au pays des rêves." "Il y a cependant un énorme problème." "Qu'est-ce que c'est?" "Il y a beaucoup de repoussé et un peu plus des trois quarts de la propriété sont boisés." "Nous pourrions peut-être tourner ça à notre avantage. As-tu pu savoir dans quel zonage elle se trouve?" "Oui, elle est dans une zone agriculturelle et on m'a dit qu'elle ne va pour ainsi dire jamais changer." "Ça c'est une très bonne nouvelle." "Que veux-tu dire?" "Je veux dire que cela signifie qu'il n'y aura jamais personne trop près de nous."

"C'est vrai ça, nous s'y serions comme au paradis. Nous pourrions nous faire une petite plage à même la rivière." "Ça ce n'est pas si sûr." "Pourquoi?" "Parce que le gouvernement aurait son mot à dire sur ce sujet." "Sur notre propriété?" " Oui, tous les cours d'eau leur appartiennent. Il y a peut-être une plage naturelle et ça ils n'y peuvent rien." "C'est à espérer." "La meilleure des nouvelles c'est qu'elle est à un bon prix, je pense." "La question qui tue. C'est quoi le prix?" "Vingt mille dollars ! Considérant que les cinq âcres se vendent pour cinquante milles chacun en comparaison avec cent soixante âcres." "C'est sûrement que les sections sont zonées commerciales. Et quand est-il de la quatrième?" "C'est une ferme plus nouvelle avec une maison presque neuve, une grande grange, soixante-dix vaches et un gros bœuf. Le prix est de trois cent cinquante milles dollars. Il y a aussi un gros berger allemand." "Est-ce que celle-là vous intéresse?" "Pas vraiment !" "Est-ce que tu as un numéro de téléphone pour la petite ferme?" "Oui, le vieux monsieur demeure dans la ville de Québec." "Est-ce que tu sais s'il y a de l'électricité à proximité de cette propriété?" "Oui, c'est écrit qu'elle est accessible et que le chemin est entretenu à l'année longue." "Alors je ne sais pas ce que vous en pensez, mais moi j'aimerais aller marcher celle-là." "Tu sais Jacques que nous te faisons confiance pour ça." "Donnes-moi ce numéro et je prendrai rendez-vous demain matin et c'est seulement parce qu'il est trop tard ce soir." "Ça ne te fait pas peur tout ce bois?" "Bien au contraire, ça m'arrange." "Tu veux bien nous dire pourquoi?" "Et si j'en faisais mon petit secret pour un certain temps?" "Nous, nous n'avons pas de secrets pour toi." "Et mon party de fête ce n'était pas gardé secret?" "Oui, mais ça ce n'est pas pareil." "Au contraire, c'est exactement pareil. Et puis il se fait tard et il vaudrait mieux aller au lit maintenant." "Ça m'étonne que tu aies mis si long, je commençais à penser que tu avais oublié." "Une si belle invitation, tu veux rire? Donnes-moi quelques minutes, je vais d'abord mettre Danielle au lit."

"Il faut que je te dise Danielle, je suis très fier de toi." "Veux-tu rester quelques minutes de plus, je suis très excité et j'aimerais être soulagée quelque peu." "Il ne faudrait pas que ça soit long." "Ne perds pas de temps à parler, vas-y." "Essaie de ne pas crier trop fort si tu peux, je ne veux pas que Jeannine pense que j'ai encore sauté son tour." "Vas-y." "Juteuse comme toi ça ne se peut pas. Bonne nuit !" "Bonne nuit ! Maintenant je vais bien dormir."

Je suis allé me débarbouiller en vitesse et j'ai rejoint Jeannine qui elle aussi avait fait des plans pour me rendre heureux. Mais heureux c'est peu dire, car je dois avouer que je déborde de bonheur et qui ne le serait pas?

Au matin dès que j'ai eu terminé le déjeuner j'ai signalé le numéro de téléphone que Jeannine m'avait remis.

"Allô !" "Allô !" "Parles plus fort, je n'entends pas très bien." "Je vous appelle pour la petite ferme que vous avez en Mauricie." "Elle est à vendre." "Je sais et je suis intéressé. C'est pour ça que je vous appelle."

"Il faut que vous soyez très intéressé parce que je suis trop vieux pour voyager si loin." "J'aimerais la marcher pour voir ce que vous avez." "Il faudra que vous marchiez seul, moi j'ai de la peine à me traîner." "Ça ira, vous n'avez qu'à m'indiquer la direction. Quand pouvez-vous venir par ici?" "Dimanche s'il fait beau, je pourrai être là vers midi." "Amenez tous les documents nécessaires parce que je suis très sérieux." "Quel est votre nom?" "Je me nomme Jacques Prince." "Moi c'est André Fillion. Il nous faut un endroit de rencontre précis." "Connaissez-vous le restaurant Chez Grandma?" "Oui, j'y allais assez souvent et en plus c'est sur notre chemin. Je serai là dimanche à midi si je suis encore vivant." "Ne me faites pas cette bêtise-là, je veux que vous voyiez ce que je vais faire de cette propriété." "Vous m'avez l'air assez gentil, j'ai hâte de vous rencontrer." "À dimanche alors et soyez prudent."

Je me suis dirigé vers mes chantiers que j'ai un peu négligé ces derniers jours, devoir oblige. Tout semblait correct et après avoir discuté avec mon contremaître de quelques détails, je m'en suis retourné terminer les plans de notre maison.

Je lui ai indiqué que nous aurions probablement un triplex à construire sous peu et qu'il fallait terminer tous les travaux auparavant. Il a semblé heureux de savoir que le travail était assuré pour la plupart de l'année. Je savais aussi que c'était un message qu'il transmettrait aux autres employés.

À midi tout était près pour la demande de permis qui était nécessaire, idée de demeurer dans la légalité. Il restait quand même à obtenir le contrat de propriété qui espérons-le ne retarderait pas le début des travaux. Je savais même avant de voir qu'à part un détail extrême c'était le terrain qu'il nous fallait.

Après avoir bien mangé, je suis allé présenter une copie des plans et devis à qui il se doit sachant qu'il ne manquerait que le plan du terrain pour compléter la transaction. De cette façon je savais pouvoir gagner beaucoup de temps. J'ai aussi contacté l'arpenteur qui m'a assuré de sa présence le jour où j'en aurai besoin. J'étais personnellement tout fin prêt à l'attaque pour ce magnifique projet. Ce n'est pas le plus colossal de ma carrière, mais c'est sûrement celui dont je suis le plus fier jusqu'à ce jour.

La raison en est très simple, c'est que ce triplex a gagné le prix de la maison de l'année au Canada. Le prix en question est venu avec un trophée et un chèque de cent mille dollars. Ça aide à éliminer une hypothèque. Au début je n'étais pas trop sûr si je devais accepter, car je voulais garder la propriété aussi privée que possible, mais les femmes ont insisté pour que j'aie la récompense de mes mérites. J'ai donc pris arrangement avec l'association pour limiter la propagande.

D'une chose à l'autre les jours se sont déroulés à une allure époustouflante et les filles m'ont demandé d'aller les attendre où nous nous sommes rencontrés, il y a un an jour pour jour afin de revivre cette merveilleuse soirée. J'ai donc revêtu le même complet et je suis allé m'accoter sur le même mur. Quelques femmes sont venues m'inviter, mais il n'était pas question pour moi de ne pas être prêt le moment venu.

Une d'elles m'a dit; "Quoi, je ne suis pas assez bien pour toi?" "Ce n'est pas ça, c'est juste que j'attends la femme fatale." "Fais attention qu'elle ne te soit pas fatale." "Celles que je veux, je mourrais pour elles." "Tu es trop romantique pour notre ère." "Peut-être, mais j'aime ça de même."

"Est-ce que je peux vous inviter à danser monsieur?" "Bien sûr que vous le pouvez belle demoiselle."

"Ha, c'est ça, tu aimes les blondes?" "Seulement si elles sont fatales. Celle-ci est belle à mourir."

"C'est quoi cette histoire?" "J'ai refusé de danser avec elle et elle n'est pas contente. Vous en avez mis du temps vous deux, où est Danielle?" "Elle est là où j'étais assise l'an dernier." "A-t-elle trouvé un camionneur épais elle aussi?" "S'il ne l'avait pas été, je serais peut-être partie avec lui." "Qu'est-ce que tu aurais manqué?"

"Arrête, je ne veux pas y penser. J'ai vraiment vécu une année de bonheur Jacques et je tenais à te le dire en dansant." "J'ai du mal à croire que tu sois plus heureuse que moi Jeannine." "Il va te falloir faire danser ma meilleure amie aussi." "Je ne saurais te refuser rien au monde tellement je t'aime chérie de mon cœur." "Où as-tu appris à parler aux femmes comme tu le fais?" "Je l'apprends au fur et à mesure que je vis avec vous deux. Il faudra que j'invente une ou deux danses à trois pour nous, parce lorsque je suis avec une je déteste faire attendre l'autre." "Tu nous aimes vraiment toutes les deux, n'est-ce pas?" "Je vous aime infiniment toutes les deux, oui. Allons rejoindre Danielle maintenant."

Il y avait presque autant de monde que l'an dernier sinon plus où il fallait pousser pour se faire un chemin. Danielle était assise avec son frère et sa petite amie Sylvie et elle nous avait réservé deux chaises ce qui n'a pas dû être trop facile. Son frère, Normand m'a surnommé le Don Juan ce qui n'est vraiment pas le cas.

"Vous vous amusez bien tous les deux?" "C'est vrai qu'on est bien, mais il y a un peu trop de monde ici à mon goût."

"J'ai appris que tu bâtissais de belles maisons Jacques et je veux me faire bâtir éventuellement." "Je ne veux pas que tu penses que je suis indépendant ou quoique ce soit, mais il faudra que tu me contact au bureau pour ça, car je ne mêle jamais le travail au plaisir."

"Chapeau Danielle, tu avais raison." "Je te l'avais dit."

"C'est une belle cha-cha Danielle, tu viens danser?" "Rien ne pourrait me faire plus plaisir." "Es-tu sûre de ça?" "Entre toi et moi, disons presque rien."

Puis l'orchestre a quelque peu ralentit le tempo pour jouer le premier morceau sur lequel nous avons danser l'an dernier.

"Tu en as fais la demande." "Non, je pensais que c'était toi peut-être." "Ça se pourrait que ça soit le hasard ou peut-être Jeannine." "Peu importe, c'est aussi bon que la première fois." "Puisons-nous toujours le revivre comme ce soir, car c'était le début de la plus merveilleuse des aventures. Nous avons toute une vie devant nous et je ferai tout mon possible pour vous la rendre des plus agréable." "Je dois avouer que je suis un peu inquiète en ce qui concerne le mariage." "De quoi as-tu peur chérie?" "Je ne crains pas pour le mien, mais j'ai peur que tu aies de la difficulté à te marier avec Jeannine une fois que tu seras marié avec moi."

"C'est très possible que tes craintes soient fondées, mais quoiqu'il en soit, moi je me considère déjà marié à vous deux devant Dieu, les papiers ne sont que de simples formalités." "Je t'aime tellement, c'est presque inexplicable." "Je sais exactement ce que tu veux dire." "Alors on se comprend." "J'ai hâte de t'amener au lit, le sais-tu?" "Je l'ai senti." "Ça t'a plu?" "Comme toujours, je suis extrêmement bien dans tes bras." "On entre de bonne heure?" "Fais danser Jeannine une autre fois, elle tout comme moi aime tellement ça danser avec toi." "Moi aussi j'adore ça."

La foule était encore très dense et je me disais que s'il y avait un incendie nous serions cuits comme des rats. Je serais bien impuissant devant cette meute de personnes. Il suffirait qu'un idiot se mettre à crier au feu même s'il n'y a rien pour que la panique s'installe. C'est l'amour que j'ai pour ces deux filles qui m'a inspiré à m'abstenir de ces endroits à grands risques. Il n'y a pas de peur comme celle de perdre ceux qu'on aime.

"T'as l'air bien songeur Jacques, tu vas bien?" "Je t'expliquerai plus tard, si tu veux."

Lorsque nous sommes arrivés à notre table Jeannine était absente. Danielle a demandé à Normand où elle était étant elle-même surprise de son absence, lorsqu'elle surgie soudainement. Elle n'avait vraiment pas l'air de bonne humeur. Elle était suivie d'un homme qui s'excusait tout en la suivant. Au moment où elle approchait de notre table, elle s'est retournée pour faire face à cet homme et elle lui a crié; "Foutes le camp avant que je te griffe." "Je ne voul..." "Foutes le camp, je t'ai dit."

Je me suis levé au même moment et j'ai dit à cet homme le regardant droit dans les yeux ; "Tu as entendu la dame, foutes le camp tant qu'il en est encore temps." "OK ! OK ! Je m'en vais. Pas la peine de crier au meurtre."

"Calme-toi Jeannine, c'est finit. Que s'est-il passé pour que tu sois dans un tel état?" "Il n'a pas voulu me laisser partir quand je le voulais. Il m'a forcé à insister et je n'aime pas être forcé en quoique ce soit." "Je comprends qu'un homme pourrait avoir envie de te retenir, le moins qu'on puisse dire c'est qu'il a du goût." "Du goût mon œil, il ne faut pas me forcer, c'est tout." "Si nous allions ailleurs?" "Non, je veux danser avec toi encore un peu, veux-tu?" "Bien sûr que je veux, mais seulement si tu es calmée. Je ne voudrais pas que tu me griffes." "T'es bien drôle, allons-y."

Nous avons dansé une mambo, un tango, une samba, une rumba et nous entreprenions un beau slow quand j'ai senti une touche sur mon épaule gauche. J'ai quand même continué à danser, mais la touche se faisait de plus en plus insistante.

"Jacques, c'est encore lui." "Continue à danser et recules-toi un peu, veux-tu?" "Que vas-tu faire?" "Tu verras, fais-moi confiance. Garde l'œil bien ouvert et au moment même où il mettra sa main sur mon épaule, recules-toi très rapidement, OK?" "OK !"

J'attendais patiemment le moment où il allait me toucher une autre fois et lorsqu'il l'a fait, Jeannine qui a très bien suivi mes instructions a reculé rapidement et au même moment j'attrapais les doigts de cet individu qui s'est retrouvé à genoux faisant toutes sortes de grimaces. Quelques personnes se sont mises à crier et en peu de temps les portiers étaient sur les lieux. L'un d'eux a demandé ce qui s'est passé et Jeannine sans perdre de temps lui a dit que cet homme l'importunait. Ils se sont saisi du lui et lui ont montré la porte laquelle lui sera bannie l'entrée pour plusieurs années à venir.

"Tu ne cesseras donc jamais de me surprendre." "Ce n'est pas quelque chose dont j'aime à parler Jeannine, car ce qui fait ma force c'est la surprise et l'ignorance de l'ennemi. Tu vois ce gars-là s'est fait surprendre parce qu'il ne savait pas de quoi j'étais capable. Il fait presque deux fois mon poids et il pensait n'avoir rien à craindre. Maintenant j'espère seulement que la chose ne s'ébruite pas trop ou pas du tout. Si nous sortions d'ici maintenant?" "Il nous attend peut-être dehors." "Ne crains rien, il a eu sa leçon. Le monde est plein d'embûches, il suffit d'être prêt à les affronter."

J'ai reconduit Jeannine à la table et je me suis absenté quelques minutes afin d'obtenir le nom de cet homme. Je suis allé parler aux portiers qui se sont occupé de cet homme et ils m'ont dit qu'ils ne pouvaient pas me divulguer son nom.

"Si cet homme est une menace pour ma famille, j'ai le droit de savoir. S'il faut que je fasse venir la police pour l'obtenir, je le ferai."

L'un d'eux me connaissait assez bien pour savoir que je n'hésiterais pas à le faire.

"Nous ne voulons pas mêler la police à ça, pour un incident aussi insignifiant. La police, ce n'est jamais bon pour notre image. Son nom est Bernard Sinclair." "Merci !" "Nous ne te l'avons jamais dit." "C'est compris, j'ai ce que je voulais."

Je suis rapidement retourné à notre table pour les retrouver tous dans une conversation que je classerais d'un peu passionnée.

"Où es-tu allé, tu sembles concerné?" "J'avais juste besoin d'une petite information, c'est tout. Il vaudrait mieux partir d'ici maintenant. Avez-vous faim, on pourrait aller manger une bouchée au restaurant." "Merci quand même, mais nous avons préparé un petit gueuleton à la maison si ça t'intéresse bien sûr." "Moi ça m'va, allons-y.

Une petite chose avant de partir, faites sûr que personne autre que moi vous suit."

Nous sommes donc entrés sans problème au logis conjugal. Elles avaient tout préparé avant leur départ ce qui était sûrement la raison de leur retard à la soirée. Elles m'avaient préparé une fête comme personne j'en suis sûr n'a jamais connu. Sur la table il y avait de tout pour plaire au palais. Danielle s'est soudainement levée et elle est allée faire couler l'eau dans la baignoire.

"Tu te souviens de l'an dernier?" "Je ne l'oublierai jamais." "Nous aimerions le répéter juste au cas où ça pourrait t'arriver, juste pour te rafraîchir la mémoire." "Laquelle va recevoir le jet ce soir?"

"C'est au tour de Danielle." "Ne me dites pas que vous avez encore besoin d'un échantillon, vous êtes les seules avec qui je couche depuis qu'on se connaît?" "Non, on a confiance en toi à cent pour cent, mais Danielle n'a pas connu ce que c'est que d'être arrosé de la sorte." "Ça ira si elle aime les surprises, parce que ça part sans avertissement. Vas-y doucement Jeannine, j'ai tout mon temps et ce soir je fais plus que de regarder."

Pour ce qui est du reste vous connaissez sûrement la suite, puisqu'elle est la même que l'an dernier. Au matin je me suis levé vers les dix heures et j'ai allumé la télévision pour prendre les nouvelles du jour dont je suis presque toujours intéressé.

"Oh my God ! Oh my God !"

Je suis retourné au lit à la course pour parler avec Jeannine.

"Laisses-moi dormir encore un peu Jacques, veux-tu?" "Jeannine il y a de mauvaises nouvelles." "Qu'est-ce que c'est?" "Le gars avec qui nous avons eu du trouble hier soir a été arrêté." "Tu appels ça une mauvaise nouvelle. C'est bon pour lui, il le mérite." "Il est retourné au club avec une arme à feu en guise de vengeance. Il nous cherchait." "Quoi?" "Il nous cherchait." "Il est fou, ils vont le renfermer." "Je n'en suis pas si sûr." "Qu'allons-nous faire?" "Tant qu'il sera en prison il n'y a pas de danger, mais quand il sera sorti, c'est une autre histoire. Je ne pense pas qu'il sait où nous demeurons, mais encore là, nous n'en sommes pas sûrs. Il faudra que j'aille au post pour en savoir plus long. Il a fait des menaces de mort en agissant comme il l'a fait. Il en aura pour quelques années. Il y a sûrement plusieurs témoins. Son nom est Bernard Sinclair." "J'ai déjà entendu ce nom-là." "Essaies de te souvenir, chaque détail est important."

Je me suis habillé et j'ai décidé d'aller tout de suite au post de police pour en savoir plus long sur cette histoire.

"Puis-je parler à l'officier qui est sur le dossier Sinclair s'il vous plaît?" "Avez-vous une raison spéciale?" "J'ai une raison de croire que c'est moi qu'il cherchait hier soir." "Quel est ton nom?" "Mon nom est Prince." "Ce n'est pas ce qu'il nous a dit. Il nous a dit qu'il cherchait un des portiers qui l'a quelque peu bousculé." "Je me serais donc trompé. Excusez-moi." "Il n'y a pas de problème."

Je suis donc retourné au condo, mais je n'étais certainement pas convaincu de ce que je venais d'entendre.

Il y avait là quelque chose de suspect et je savais qu'il me fallait garder l'œil ouvert et l'oreille tendue.

"C'est moi les filles, êtes-vous levées?" "Jacques, c'est toi? Nous sommes peut-être en danger." "Qu'est-ce qui vous fait croire ça?" "Tu as bien dit que son nom est Bernard Sinclair?" "Oui, pourquoi?

"Il se peut qu'il soit le frère de Raymond, le docteur Raymond Sinclair !" "Alors hier soir ce n'était pas le hasard, c'était un complot. Je pense qu'il vous faudra déménager, vous n'êtes plus en sécurité ici, ils savent tous les deux où vous demeurez. Il vaut mieux que vous mettiez ce condo à vendre le plus tôt possible." "Mais où irons-nous?" "C'est modeste chez moi, mais j'ai de la place pour vous deux et vous y serez en sécurité." "Si c'est bon pour toi, c'est bon pour nous." "C'est seulement pour quelques mois, la maison neuve devrait être terminée pour le mois de septembre.

Si vous emballez tout, je peux louer un camion et utiliser mes hommes pour le charger. Nous pouvons vider cet endroit en un seul jour même si c'est avec regrets. Il faudra être prudent en tout temps, vous savez ça, n'est-ce pas?" "Nous le savons. Tu dis que la maison peut être prête en dedans de six mois?" "Oui, j'ai déjà fait la demande de permis." "Mais il te fallait les plans."

"Je les ai présenté avec la demande de permis. J'ai passé toute la semaine sur ce projet." "Quel amour tu es !" "Voulez-vous les voir?" "Tu les as?" "Bien sûr que je les ai, c'est moi qui les ai fait. Attendez-moi, je reviens tout de suite." "Sois prudent toi aussi." "Je le serai, ne crains rien.

C'est moi les filles. Regardez-moi ça?" "Oh qu'elle est belle. C'est toi qui as fait ça?" "C'est moi." "Mais tu es un grand artiste." "Je n'ai fait que dessiner ce que vous m'avez demandé. Il ne vous reste qu'à choisir les couleurs qui vous plaisent et les meubles pour la décorer. Tiens regardez le plan du plancher." "C'est encore mieux dont ce que j'avais pensé. Une très grande cuisine avec un îlot et des armoires à profusion. Un grand salon, trois belles grandes chambres à coucher ! C'est quoi ça?" "Il y a une chambre de bain entre chaque chambre à coucher." "Mais quelle idée fantastique." "Entre chaque mur il y a une épaisseur de panneau isolant. C'est le même matériel qui est utilisé pour construire les congélateurs. Si tu veux en connaître l'efficacité, tu mets un radio à batteries au son élevé dans un congélateur et ferme le couvercle. Danielle surtout a bien besoin de murs comme ceux-là." "Il y a de grandes fenêtres, un beau balcon qui fait la grandeur de la maison qui est de?" "Cinquante-huit pieds de long." "C'est presque une piste de course." "Les enfants vont s'en donner à cœur joie avec leurs tricycles. Après ce qui s'est passé hier soir je pense que j'aimerais faire une piste de danse dans un des sous-sols avec votre permission, bien entendu.

Prenez votre temps et discutez-en entre vous, nous avons le temps pour ça. Ça pourrait faire une belle salle de jeux pour les enfants les jours de pluie également. Le chauffage est un système de tuyauterie dans lequel circule l'eau chaude à l'intérieur même du plancher. J'ai aussi l'intention d'installer un poile à combustion lente dans chaque logement munie de tuyauterie comme un système à air chaud poussé par des fanes à batterie au cas où l'électricité manquerait. Nous aurons également un système de batteries capable de fournir le strict nécessaire de courant pendant une semaine. J'aurai également toujours sous la main un générateur en cas de besoin. Les murs entre le garage et votre demeure ainsi que mon plancher seront en béton armé capable de résister à une explosion, sachant qu'une auto est une source d'incendie. Les murs de chaque côté sont également à l'épreuve du feu ainsi que les portes communiquantes. Il y aura aussi un système de communication dans toute la maison.

Vous pourrez peut-être me perdre de vue, mais pas d'oreille. Il y aura dans le garage un système d'évacuation pour la fumée si c'était nécessaire. À l'intérieur de chaque fenêtre il y a un store vénitien qui se ferme automatiquement à l'instant où vous mettez de la lumière." "T'es pas sérieux?" "Oh oui je le suis !" "Bien sûr il y a un système d'aspirateur central avec une prise dans chaque pièce. J'aurai une grande chambre froide au fond du garage ainsi qu'un emplacement pour le bois de chauffage. Vous pouvez entrer dans votre demeure respective à partir du garage et moi aussi pour mes cartiers. C'est à peu près tout. Ah oui ! La plus petite chambre de bain est assez grande pour y insérer votre buanderie et si vous aimez mieux, je peux l'installer au sous-sol. Si c'est le cas pour cette dernière je vous ferai une chute pour le linge sale qu'on lavera en famille, j'en suis sûr. Je m'efforcerai de trouver une baignoire comme la votre si vous en voulez une comme de raison. Vous ne dites plus rien?" "C'est simple, nous sommes bouche bées. Tout a été dit, il n'y a plus rien à dire. Mais comment tu fais? C'est tout simplement génial." "Vous aimez?" "Si on aime? Aurons-nous assez d'argent pour tout ça?" "Je pense que oui." "Quel est le grand total?" "J'ai les chiffres ici quelque part. C'est un peu plus que j'avais dit initialement. Ça se monte à cinq cent quarante sept milles deux cents.

Votre part à chacune revient à deux cents huit milles huit cents. Vous ne payez rien pour le garage, puisqu'il est dessous mes cartiers."

"Il nous manque environs dix milles dollars et on a pas encore le terrain." "Vous avez toutes les deux une bonne position bien assurée et les banques se fendent le derrière pour prêter. Nous reviendrons là-dessus un peu plus tard si vous le voulez.

Pour ce qui est du terrain, je m'en charge, en fait, je rencontre le vendeur de la petite terre demain à midi. Je vais sûrement dîner avec le vieux monsieur. Je vais la marcher et prendre une décision par la suite. Si elle me va je l'achèterai, mais je mettrai votre nom sur le contrat. Elle appartiendra à nous trois à part égale. Tout ce que je demande c'est la liberté de l'utiliser à ma façon." "Je n'y vois aucun inconvénient."

"Moi non plus !" " Alors nous sommes d'accords." "Dis-moi Jacques, pourquoi fais-tu ça?" "Tout ce que j'achète à partir du temps où nous vivons ensemble se sépare à part égale devant les tribunaux en cas de séparation de toutes façons, aussi bien le faire maintenant." "Dieu nous a réuni et personne ne va nous séparer. C'est pour le meilleur et pour le pire." "Il faudra que vous veniez signer pour les permis vous aussi, puisque nous serons propriétaires et responsables pour chacun de nos cartiers et c'est mieux comme ça." "Mais nous n'avons quand même pas assez d'argent pour tout ça." "Est-ce que c'est ce que vous voulez?" "C'est beaucoup plus qu'on espérait." "Vous êtes bien sûres." "Oui, nous le sommes." "Pas vrai, vous êtes sucrées." "Ah ! Ah ! Comique !" "Voici ce que je vous suggère. Vous avez quatre cents dix milles et vous avez besoin de quatre cents dix-huit milles." "C'est ça." "Alors il vous faut aller voir votre gérant de banque et emprunter un gros cent milles." "Quoi?" "Tu as bien entendu. Il ne faut jamais être à sec si on peut faire autrement.

Desmarais a fait une fortune colossale avec l'argent de la banque et vous pouvez en faire tout autant. Les banques prêtent en général jusqu'à quatre-vingt-dix ou quatre-vingt-quinze pour cent sur les propriétés et vous n'emprunteriez qu'un maigre vingt-cinq pour cent sur lequel vous ne prendriez que dix pour cent pour vos besoins. Vous gardez environs dix milles dans votre compte en cas de nécessité et placez le reste à un intérêt de quinze pour cent ou plus pour un prêt qui vous coûte cinq pour cent, ce qui est le taux préférentiel. De cette façon au lieu de payer pour avoir emprunté, vous vous faites payer." "Mais ça me fait peur ce genre de transactions." "Même si je me porte garant de vos investissements?" "Alors là, je me ferme les yeux." "Prenez vite rendez-vous avec votre gérant et je m'occupe du reste. Vous vous êtes bien amusées? Moi aussi, tant mieux, car je ne travaille pas le samedi. Qu'est-ce qu'on mange pour souper?" "As-tu faim?" "Un peu !"

"Tout sera près dans cinq minutes, moi non plus je n'aime pas travailler le samedi alors, j'ai tout préparé hier." "Avez-vous quelques bons films pour la soirée? J'aimerais bien faire du salon avec vous deux." "On va t'arranger ça mon beau, mais tu vas peut-être nous trouver collantes." "Collé hier, collé aujourd'hui et collé tout le temps, ça j'aime ça."

Je ne sais pas trop si c'est parce que les filles étaient lécheuses et flatteuses, mais le film ne me disait rien qui vaille. Elles m'ont fait monter la température et d'autre chose aussi.

"Je ne sais plus au juste où j'en suis, à qui le tour?" "C'est à Danielle, allez-y et ne perdez pas de temps, moi aussi j'en veux." "Et bin, Jeannine veux-tu faire couler le bain, nous en aurons de besoin, comme ça, ça ira plus vite."

"Viens Danielle, ne faisons pas attendre Jeannine trop longtemps."

Cela n'a en effet pas été très long, puisque nous étions tous les deux près à exploser à tous moments. Nous avons sauté dans la baignoire où nous nous sommes savonnés l'un l'autre.

"C'est à ton tour de m'avoir pour la nuit, est-ce que tu vas m'attendre?" "Si tu n'es pas trop long, je vais aller visionner le film que nous étions supposés écouter." "Alors je viendrai écouter la fin avec toi. À tantôt, je t'aime."

Je suis allé passer trente-cinq minutes faire le bonheur de Jeannine et lorsque je l'ai quitté, elle était prête à dormir pour la nuit. J'ai écouté te reste du film avec Danielle, film qui n'était pas aussi plate après tout. Nous sommes allés au lit où j'ai repris là où nous en étions un peu plus tôt.

J'étais très satisfait de mon samedi, puisque j'avais totalement réussi à leur faire oublier la menace qui planait au-dessus de nos têtes avec les Sinclairs.

Le lendemain à midi ce dimanche-là j'étais au rendez-vous comme prévu à la rencontre de monsieur Fillion, le genre d'homme que vous auriez voulu toujours avoir connu et avoir pour ami. Après avoir bien mangé au restaurant du rendez-vous, nous sommes montés dans ma voiture et il m'a guidé jusqu'à la propriété dont j'étais intéressé.

"Comme je voudrais être encore jeune juste pour marcher dans ce bois-là avec toi. J'espère que tu as une arme à feu, car il se peut qu'il y ait des loups. On en a déjà vu, tu sais?" "Oui, j'y ai pensé." "Cette petite terre ne serait pas à vendre si j'étais encore capable de marcher comme avant." "Connaissez-vous les voisins de chaque côté." "Oui, c'est du bon monde et ils sont âgés eux aussi." "Pensez-vous qu'ils sont à vendre eux aussi?" "Je suis sûr qu'ils vendraient s'ils trouvaient preneur. Ils ont déjà essayé de vendre, mais personne ne veut de ces terres abandonnées et éloignées. En plus elles ne sont pas profitables ni rentables. Ce sont des endroits de crève-la-faim." "Vous n'êtes pas un très bon vendeur." "Je suis honnête, je dis les choses comme elles sont."

"Vous dites qu'il y a une petite rivière, est-ce qu'il y a du poisson?" "Mon ami j'en ai mangé de la bonne truite." "Il y aurait-il assez d'eau pour se faire une petite plage?" "Elle est là toute naturelle et il y a à peu près six pieds de profondeur. C'est aussi là que je prenais toutes les belles truites de douze pouces." "Est-ce qu'il y a du chevreuil?" "Tu n'auras jamais besoin d'aller ailleurs pour chasser, ça je te le promets." "Intéressant !

Vous dites vouloir vingt milles dollars pour cette propriété?" "C'est le prix demandé." "L'entrée est-elle Nord, Sud, Est ou Ouest?" "Elle est au Sud. Quelle importance que cela?" "Pour moi ça l'est. Vous avez amené les papiers?" "Oui !" "Il n'y a pas de danger que je me perde dans ce bois-là?" "Pas vraiment, il y a un chemin de chaque côté et c'est bien clôturé au bout de la propriété. Tu ne peux pas te perdre, tu monte jusqu'au nord et tu reviens vers le sud." "Ça va sûrement me prendre quelques heures." "Si ce n'était pas du repoussé nous pourrions y aller en voiture." "J'aurai du ménage à faire si j'achète. Vous allez m'attendre dans la voiture, je vais vous laisser les clefs pour la radio et si vous avez froid vous n'aurez qu'à démarrer."

Quand je suis entré dans le bois il faisait beau soleil et sans avertissement d'aucune sorte, il s'était mis à neiger au point que je n'y voyais ni ciel ni terre. Cela faisait deux heures et trente minutes que j'étais parti et mon vieil ami avait commencé à s'inquiéter sérieusement.

Je me suis mis à prier pour qu'il ne quitte pas l'auto dans un élan de compassion pour venir à ma recherche. C'est toujours plus facile de chercher une personne que d'en chercher deux, puis pour lui de marcher dans un pareil temps lui aurait sûrement causé la mort. Il a cependant fait ce qu'il se devait en klaxonnant jusqu'à ce qu'il me voie. Je pouvais à ce moment-là entendre beaucoup plus loin que je pouvais voir. Le moins qu'on puisse dire c'est qu'il était bien soulagé de me voir apparaître.

J'étais sorti du bois, mais je n'étais pas encore sorti de la tempête. En très peu de temps il était tombé presque huit pouces de neige. Mon père m'a souvent mentionné les tempêtes du mois de mars. Heureusement j'étais très bien chaussé et je possédais un véhicule à traction avant. J'étais aussi plus que convaincu qu'il me faudrait acheter un tracteur le plus tôt possible. Le problème était surtout de me retourner sans rester pris.

Ma crainte était fondée, car après avoir reculé la voiture, elle s'était enlisée jusqu'à ne plus pouvoir bouger.

"J'espère que tu as une pelle. Je ne suis plus bien fort, mais je peux peut-être pousser un peu." "Ça ne sera pas nécessaire, j'ai ce qu'il me faut." "Tu crois ça?" "Non, j'en suis sûr." "On verra bien."

Je suis sorti et j'ai retiré la pelle pour dégager la neige qui montait jusqu'aux portes et qui embarrassait les quatre roues. Je suis remonté après avoir rangé ma pelle, mais la neige était mouillante et il s'est formé une espèce de glace empêchant toutes sortes de tractions.

"Tu vas avoir besoin que je pousse ou que je prenne le volant." "Même si vous preniez le volant, il faudrait que vous arrêtiez pour me prendre et nous en serions au même point. J'ai mieux que ça."

Je suis sorti de nouveau et j'ai mis ce qu'il fallait sous les roues de devant, puis je suis remonté.

"Tenez-vous bien on est parti." "Ah, tu crois ça?" "Oui !" "Ah bien, tu parles. Qu'est ce que tu as fait?" "J'ai mis un bardeau à couverture sous chaque roue. Une fois parti, il ne faut plus s'arrêter. Il faut mettre le côté le plus rude en dessous pour ne pas qu'il glisse et le tour est joué. C'est bon marché et c'est très efficace, puis ce n'est pas la peine d'arrêter pour les ramasser." "Ne dis plus rien, je suis convaincu. On apprend bien à tout âge." "À quelle fréquence on ouvre le chemin dans ce coin-ci?" " Nous n'avons jamais eu de problème. Il faudra peut-être que tu contacts le district si tu n'es pas satisfait."

"Vous ne pourrez pas retourner chez vous cette après-midi et si vous voulez, vous pouvez coucher chez moi ce soir et nous pourrions rencontrer le notaire demain matin." "Cela veut dire que tu achètes, mais tu n'as pas pu tout voir." "J'ai vu ce que je voulais voir et je suis heureux de vous l'enlever." "Ne me dis pas que tu as trouvé de l'or." "L'or ne ferait pas mon bonheur, mais cet endroit le fera." "Woin, c'est vrai que tu étais sérieux." "Vous venez coucher chez moi?" "Je ne veux pas déranger. Ça sera mieux que l'hôtel je pense." "Je vous emmène donc chez moi et je dois prendre quelques amies à moi et je reviens tout de suite."

Je suis donc allé installer cet homme chez moi en lui demandant de se mettre alaise et je suis allé chercher mes deux filles, ne voulant pas les laisser seules pour la nuit, sachant très bien qu'elles n'étaient pas en sécurité dans leur appartement.

"Allô, c'est moi." "C'est toi Jacques? Nous étions inquiètes pour toi avec cette tempête dehors." "Et moi j'étais inquiet pour vous. Vous venez coucher chez moi, car je ne crois pas que vous êtes en sécurité ici." "Tu crois vraiment?" "Oui je le crois." "Ce Sinclair qui nous cherchait avant hier soir nous cherchera encore." "Mais tu disais qu'il était en prison." "Il peut en sortir aussitôt que quelqu'un payera sa caution et cela peut se produire plus tôt que nous le souhaiterions. En ce qui me concerne, il est peut-être déjà sorti et je ne suis pas prêt à prendre le risque. Est-ce que vous avez emballé vos affaires?" "Non, nous ne savions pas que ça pourrait être aussi urgent." "Les filles, ce gars-là est venu après nous l'autre soir avec un pistolet et vous ne pensez pas que c'est urgent?" "Comment ça été sur la propriété? Ça n'a pas dû être facile avec cette tempête?" "J'ai eu le temps d'en voir assez pour être satisfait et je l'achète. Le vendeur est chez moi qui nous attend." "Tu as laissé les plans ici, tu veux les prendre maintenant?" "Oui, il me les faut.

À quelle heure travaillez-vous demain?" "Jeannine travaille de jour et moi dans la soirée." "Nous n'avons pas de preuves solides, mais je suis convaincu qu'ils vont essayer de s'en prendre à l'un de nous sinon à nous tous. Alors prenez ce que vous avez besoin pour ce soir et demain nous viendrons prendre le reste. Ne vous inquiétez pas, je m'occupe de tout. Demain Danielle, il faudra que tu t'occupes d'annoncer le condo et il devrait se vendre assez rapidement, puisqu'il en manque sur le marché. Tu devrais aussi contacter ton gérant de banque le plus tôt possible." "J'y verrai." "Vous êtes prêtes?" "Nous le sommes." "Allons-y. Laissez-moi descendre en premier pour m'assurer que le chemin est sécuritaire et je vous laisserai savoir par l'intercome." "Excuses-nous, nous n'avons pas pensé que c'était si sérieux." "C'est de ma faute, je ne voulais pas trop vous alarmer, mais le danger lui est réel. Quand un individu armé est assez fou pour entrer dans un club et menace de tirer, c'est sérieux et il ne faut pas le prendre à la légère." "Maintenant j'ai peur." "Il vaut mieux que vous ayez peur et que vous soyez prudentes que sans peur et trop audacieuses, mais tout va s'arranger, j'en suis sûr. Il vous faudra aussi être sur vos gardes au travail, car nous ne savons pas de quoi est capable le docteur Sinclair."

"Ça ne sera pas facile, il travaille directement avec nous." "Gardez l'œil ouvert, c'est tout. Bon, je descends, à tout à l'heure."

Tout c'est bien passé ce soir-là et pour les quelques semaines qui ont suivi. Nous sommes rentrés chez moi pour trouver mon vieil ami endormi sur le divan devant la télévision. Ça dû être une grosse journée pour lui tout ce chambardement en plus de son voyage de Québec à Trois Rivières. Nous l'avons laissé dormir jusqu'à ce que le souper soit prêt.

J'ai offert aux femmes un bon gros spaghetti à la viande qu'elles ont immédiatement accepté, sachant très bien que j'étais l'ôte pour la soirée. C'était un repas à l'ancienne servi à la moderne. Vous auriez dû voir les yeux du vieux monsieur lorsqu'il a aperçu mes deux charmantes invitées.

"Est-ce que je suis toujours vivant ou si je suis mort et au paradis? J'ai l'impression d'être en face de deux anges du ciel."

Il nous a tous bien fait rire. Il était âgé peut-être, mais il n'était pas aveugle et il savait apprécier la beauté. Il a aussi semblé se questionner sur ce que je faisais avec deux aussi jolies dames. Je n'ai pas senti le besoin de l'en informer. Après avoir discuté du prix du terrain et être arrivé à un commun accord, je lui ai montré le plan de la maison que nous voulions construire sur cette propriété. Il n'en revenait tout simplement pas.

Vu qu'il était un très mauvais vendeur, j'ai pris la décision de me vendre sa terre à sa place. Il en était venu au prix de dix milles dollars, mais je lui ai fait un chèque de vingt milles. Il a semblé tout déboussolé et il s'est vraiment demandé s'il était encore de ce monde. J'ai aussi payé les frais de notaire et d'enregistrement, puis, j'aurais voulu qu'il puisse encaisser son chèque immédiatement, mais le notaire s'y est opposé.

"L'argent va dans un trust et il sera déposé au compte de monsieur Fillion aussitôt que nous avons la confirmation que le terrain lui appartient vraiment et qu'il est clair de tous liens."

André a vite compris que c'était la procédure normale. Le tout a quand même pu se faire la même journée. C'était visible qu'il aimait énormément cette propriété et que la seule raison pour s'en départir était le fait qu'il ne puisse plus s'en occuper. Il a été une des rares personnes privilégiées à être invité pour l'inauguration de notre maison.

"J'arrive à ma quatre-vingtième année et je n'ai jamais rencontré quelqu'un comme toi. Il y a quelque chose en toi qui n'est pas comme tout le monde." "C'est peut-être parce que Dieu marche avec moi ou que je marche avec Dieu." "Ah, Lui, je n'y crois pas vraiment."

"C'est peut-être parce que vous ne le connaissez pas vraiment." "On nous a dit qu'Il voit tout, mais tu n'as pas vu ton chemin dans la tempête." "Est-ce que je me suis perdu?" "Non, mais c'est sûrement parce que j'ai klaxonné." "Moi, je dirais que c'est parce qu'Il vous a donné l'occasion, l'opportunité de vous faire valoir, vous qui quelques fois pensez n'être plus bon à rien." "Ça pourrait être une façon de voir les choses." "D'où pensez-vous que viennent vos idées et vos pensées?" "Je n'en sais trop rien, mais elles sont sûrement en nous." "Bien au contraire, moi je sais que les esprits nous les communiquent et que les uns savent écouter et que d'autres ne savent pas, que les uns écoutent l'esprit du bien et d'autres l'esprit du mal." "Où as-tu trouvé une telle affirmation?" "Dans Matthieu 16, 17 Jésus dit à Pierre; 'Tu es heureux, Simon, fils de Jonas; car ce ne sont pas la chair et le sang qui t'ont révélé cela, mais c'est mon Père qui est dans les cieux.' Et puis pratiquement dans la même conversation dans Matthieu 16, 23 il dit encore à Pierre quelques minutes plus tard ; 'Arrière de moi, Satan ! Tu m'es à scandale; car tes pensées ne sont pas les pensées de Dieu, mais celles des hommes.'" "Jamais de toute ma vie je n'ai entendu parler quelqu'un comme tu le fais." "C'est juste parce que vous n'avez pas écouté Jésus. Plusieurs pensent qu'ils sont athées parce qu'ils ne croient plus aux hommes qui sont supposés enseigner la vérité sans se préoccuper de savoir si se sont vraiment des hommes de Dieu.

Ceux qui ont mentis ne sont pas de Dieu, mais du diable et il y a là un nombre presque incalculable." "Heureux de te connaître Jacques et c'est un énorme plaisir de faire des affaires avec toi."

C'est ce qu'il m'a dit en me serrant chaleureusement la main. Il a par la suite pris congé de moi avec regret, je l'ai bien senti. J'avais cependant d'autres chats à fouetter. J'avais aussi très hâte de retrouver Danielle qui en avait beaucoup à faire de son côté. Je suis aussi passé au post de police pour obtenir des informations sur les derniers développements dans l'affaire Sinclair. J'ai appris que le criminel avait été libéré sous caution payé par son frère, le charmant docteur.

J'étais presque certain qu'ils tenteraient encore quelque chose de pas trop sain, mais je n'avais aucune idée de ce que ça pouvait être. Danielle et moi nous nous sommes retrouvés à l'heure du dîner chez moi.

"Comment est-ce que ça c'est passé à la banque?" "Très bien je pense, il m'a dit qu'il n'y aura pas de problème. Es-tu trop occupé pour m'embrasser aujourd'hui?" "Je te demande pardon, mais j'ai tellement de choses en tête présentement. Il faut encore que j'aille louer un camion. " "J'ai bien pensé à tout ça et je ne pense pas que ce soit nécessaire." "Tu ne veux pas déménager chez moi?" "Ce n'est pas ça, mais je ne pense pas avoir besoin de toutes nos choses.

Tu as presque tout ce qu'il nous faut ici chez toi. Nous pourrions juste prendre la nourriture qui peut se perdre et quelques petites choses que nous avons besoin, mais pour le reste c'est peut-être mieux de le laisser en place. Tu sais qu'un appartement meublé se vend plus facilement qu'un tout vide." "Tu as peut-être raison, alors oublions le camion. Nous pouvons transporter ce peu de choses dans ma wagonnette. Est-ce que tu as mis l'annonce dans le journal?" "Dans le journal et sur l'Internet." "Très bonne idée ! As-tu parlé avec Jeannine?" "Oui, elle va bien. Toi comment ça été de ton côté?" "La propriété est à nous." "C'est vrai? Oh, je suis contente." "Monsieur Fillion est retourné chez lui." "Il est peut-être un mauvais vendeur, mais toi tu es un mauvais acheteur, tu as perdu dix milles dollars par ta faute." "Combien as-tu demandé pour votre condo?" "Deux cents vingt milles !" "Que dirais-tu si quelqu'un vous le payait sans poser de question?" "Ça serait chouette." "C'est ça, faites aux autres ce que vous voudriez que les autres fassent pour vous." "Encore une bonne leçon !" "C'est gratuit." "Qu'est-ce qu'on fait maintenant?" "Tu as deux heures devant toi, aussi bien aller chercher vos affaires au condo." "Allons-y." "Je vais appeler mon contremaître pour annuler le déménagement." "Le vrai surhomme ce n'est pas de la fiction, c'est toi." "Ne me fais pas rougir, veux-tu? Je ne fais rien qui n'est pas normal." "Mais tu en fais tant, c'est du jamais vu." "Tu exagère voyons, allons-y."

Danielle est allée travailler aussitôt que nous étions revenus chez moi avec leurs bagages. Elle n'était certainement pas dans une position enviable. Les uns pourront dire ce qu'ils veulent, ce n'est pas toujours facile de rendre le bien pour le mal. Il lui fallait avoir une force de caractère incroyable. Nous ne pouvions pas en parler à qui que se soit sans risquer des représailles légales. La situation n'était certes pas facile du tout.

Je suis passé sur mes chantiers et j'ai constaté que les travaux allaient bon train. Raoul, le contremaître avait rencontré les nouveaux propriétaires qui se sont dis satisfaits de nos chefs-d'œuvre. Je ne me suis pas trop attardé, puisque je voulais être à la maison pour l'arrivée de Jeannine et lui souhaiter la bienvenue. Après lui avoir fait part de toutes les activités de la journée, je me suis affairé à préparer le souper.

Chapitre 4

"Qu'est-ce que tu vas faire?" "Je fais une fricassée. Est-ce que tu en as entendu parler?" "Oui, mais je ne me souviens pas en avoir manger." "Moi j'aime l'Afrique assez." "Ça doit puisque tu en fais une." "Es-tu déjà allée en Afrique?" "L'Afrique assez. ! Ah toué ! Comique !" "Quand tout sera presque cuit, je ferai des pâtes dont j'ajouterai à la marmite. Moi j'en raffole surtout quand elles sont bien réussies, ce qui fait que si tu n'aimes pas ça, tu me les laisses.

Tra-la-la, madame est servie." "Aie, c'est bon ça. Il te faudra me montrer comment faire pour que je puisse t'en faire aussi. Il n'y a pas à dire, tu es un homme à marier." "Ça ne sera peut-être pas facile, même si je t'aime de tout mon corps, de tout mon cœur et de toute mon âme. Quoiqu'il en soit, je ferai tout ce qui est possible pour que ça se réalise, mais je te dis tout de suite qu'il n'est pas question que nous joignons une religion, car cela équivaudrait à faire un pacte avec le diable pour moi.

Salomon a été le plus grand roi de la terre et le plus sage et il avait des richesses à n'en plus finir, mais il a tout perdu quand il s'est prostitué aux dieux des religions de ses dernières femmes. Avec l'aide de Dieu je ne ferai certainement pas la même erreur." "Tu es en train de me dire que tu ne m'épouseras pas?" "Pas du tout, je te dis que je ne rejoindrai aucune religions même si je t'aime de tout mon cœur." "C'est ça le plus important, que tu m'aimes. Tout ce que je sais est que je ne pourrais jamais vivre sans toi." "Moi non plus je ne pourrais pas." "En tous les cas, si tu te débarrasses des problèmes comme tu t'es débarrassé de ce grand niaiseux l'autre soir, tout va aller très bien." "Je voudrais en être aussi sûr que toi." "Est-ce qu'il y a un autre problème?" "Il est déjà sorti de prison, votre docteur a payé la caution." "L'enfant de ch..... ! Qu'allons-nous faire?" "Il faut malheureusement attendre qu'il se compromette et alors seulement nous pourrons réagir." "En attendant, il faut vivre dans l'incertitude tous les jours." "C'est exact, nous ne savons rien de ce qu'ils vont tenter la prochaine fois." "Tu as dit ; ils?" "Oui, je pense que le docteur est aussi dangereux que son frère et peut-être même plus." "Est-ce que Danielle le sait?" "Je lui ai demandé de demeurer sur ses gardes." "Changeant de sujet, comment ça été avec la propriété?" "Je me suis presque perdu dans la tempête, mais je l'ai quand même acheté." "Tu vrai? Oh, que je suis contente.

Ça veut dire que tu vas commencer les travaux sous peu." "Aussitôt que la terre sera dégelée. Je vais acheter une excavatrice pour enlever la neige et j'installerai les toiles chauffantes que j'ai inventé, question de savoir dès demain si ça fonctionne bien pour dégeler la terre." "Une excavatrice c'est beaucoup d'argent?" "Près de cent milles, mais j'ai beaucoup de travail qui l'attend avec l'excavation et tout le défrichage qu'il y a à faire. En fait, c'est mieux qu'un simple tracteur et c'est une machine qui va se payer d'elle-même.

J'ai payé mon excavateur près de vingt-cinq milles dollars par année pour les trois dernières années. La durée de vie d'une telle machine est plus de trente ans. Crois-moi c'est une bonne affaire." "Mais ça ne te mettras pas trop de court pour la maison?

Selon tes chiffres tu nous construis pratiquement au prix coûtant sans aucun profit." "Où as-tu pris cette information?" "Tu as laissé les plans et nous avons demandé à un autre contracteur un estimé, parce que nous avons pensé que tu ne chargeais pas assez. L'autre contracteur nous a dit que ce n'était pas un prix final, mais que ça serait au moins sept cent milles. Il y a une différence de plus de cent cinquante milles." "Je ne veux pas faire de profit avec mes épouses et je suis sûr que si j'ai besoin d'aide vous serez là pour moi. Et puis, j'ai tout fait mes calcules et si je manque un peu d'argent je suis sûr aussi de pouvoir compter sur quelques amis pour m'aider.

Mes cartiers ne sont pas tellement grands, ce qui ne coûte pas énormément et cette maison-ci va presque tout payer y compris l'excavatrice." "Tu es pratiquement un génie des affaires." "Je ne suis pas certain de ça, surtout pas selon M. Fillion et Danielle." "Qu'est-ce qui te fait dire une telle chose?" "J'ai payé la propriété vingt milles quand j'aurais pu l'avoir pour dix milles." "Qu'est-ce qui t'a pris?" "Il était vulnérable et je n'ai pas voulu profiter de lui." "Ça c'est tout à ton honneur et je suis certaine que Dieu te le rendra." "Maintenant je sais que tu Le connais bien.

Je ne sais pas ce qu'il en est pour toi, mais moi je suis exténué." "Viens t'étendre, je vais te donner un massage." "Qu'est-ce que tu as des mains douces ! C'est très agréable." "Jacques ! Jacques ! Tu dors? Pas de nanane pour moi ce soir. 'Temps en temps du nanane, du nanane, temps en temps du nanane c'est bon.' J'espère que je n'aurai pas à chanter ça trop souvent. Et bien, je vais me mettre un film."

Jeannine s'est endormie elle aussi sur un autre divan devant le téléviseur. Elle m'avait recouvert avec un couvre-pied. C'était la première fois en plus d'un an dont je fus impuissant à satisfaire l'une d'elles, mais croyez-moi, ce n'était quand même pas sans regret.

Comme il y a une raison pour tout, le seul fait d'être près de la porte a permis à Jeannine de se réveiller rapidement à l'arrivée de Danielle qui avait oublié de prendre une clef. J'ai ressenti un frisson juste à l'idée qu'elle aurait pu décider d'aller coucher au condo toute seule si elle n'avait pas pu entrer. J'en ai profité pour réaffirmer mon avertissement de ne jamais prendre de risque. J'aimerais mieux perdre une vitre que de la perdre.

"Qu'est-ce que Jacques fait sur le divan?" "Il était exténué et il s'est endormi. J'ai pensé qu'il valait mieux le laisser se reposer." "Tu ne vas pas le faire mourir d'amour Jeannine, c'est vrai qu'il est fort mais quand même?" "Non Danielle ! Je n'ai pas eu de nanane ce soir, mais je dois t'avouer que ce n'est pas l'envie qui m'a manqué." "Il devrait aller dormir dans son lit." "Il dort si bien, moi je pense qu'il vaut mieux le laisser dormir là où il est."

Toutes les deux sont allées se coucher sans nanane ce soir-là, quoique je suis allé rejoindre Danielle à quatre heures trente du matin, mais en faisant très attention de ne pas la réveiller. Lorsque nous nous sommes réveillés Jeannine était déjà parti au travail.

Après avoir pris notre déjeuner Danielle est allée sur l'ordinateur pour prendre ses courriels. Il y avait comme d'habitude une énorme quantité de messages insensés quand soudain ses yeux se sont arrêtés sur un courriel plutôt intéressant. Elle m'a lâché un cri qui croyez-moi m'a fait peur au début.

"Qu'est-ce que c'est Danielle? Tu m'as fait peur." "Lis-moi ça ici. 'Très intéressé à votre condo, s'il vous plaît ne vendez pas avant que j'aie pu le voir. S'il est toujours disponible je prendrai l'avion ce soir et je serai là à midi demain. J'attends votre réponse. Laurent.'

Qu'en penses-tu Jacques?" "C'est un acheteur potentiel, qu'attends-tu pour lui répondre? Surtout n'aies pas l'air de vouloir vendre à tous prix !" "Je te laisserai lire ma réponse avant de l'envoyer, qu'en penses-tu?" "C'est comme tu voudras."

'Le condo est toujours disponible, mais la demande est très forte. Si vous êtes très sérieux et que je peux vous faire confiance j'attendrai jusqu'à demain, Danielle.'"

"Que penses-tu de ça Jacques?" "C'est parfait, c'est court et ça sème le doute, c'est ce qu'il faut pour le faire bouger rapidement s'il est vraiment sérieux. Je dirais oui, envoies lui ça on verra bien." "C'est parti. As-tu encore du thé?" "Oui, je te l'emmène tout de suite. Veux-tu quelques biscuits aussi?" "Ça serait bon, merci." "Voilà, madame est servie." "Tu es un trésor." "Ce n'est rien voyons." "Tu n'as aucune idée de ce que c'est pour nous les femmes, n'est-ce pas?" "Oh oui, j'ai ma ptite idée." "Dis-moi qu'est-ce que c'est alors?" "C'est un pot de nanane dans lequel je peux me bourrer la face." "T'as pas mal raison.

Aie, viens voir ça, il m'a répondu. 'Donnez-moi le nom de votre banque ainsi que l'adresse et je vous enverrai immédiatement cinq milles dollars au comptoir à votre nom. Si je suis là comme attendu le montant ira comme dépôt sur le condo et si je n'y suis pas ça sera un cadeau pour vous, Laurent.' Aie, c'est vite l'Internet." "Donnes-lui le OK et nous irons à la banque pour voir si l'argent y est."

Danielle lui a donné le OK tout en lui donnant toutes les informations dont il avait besoin pour compléter la transaction, puis nous sommes allés à la banque.

"Ce n'est pas nécessaire que tu viennes avec moi Jacques." "Ah, tu penses ça? Et si c'était un piège? Si c'était Sinclair qui t'a écrit?" "C'est bien trop vrai, on ne sait pas vraiment de qui ça vient." "À partir de maintenant je suis ton garde du corps. Je t'emmène au travail et je te reprends à la fin de ton quart et quand je te dis baisses-toi, tu te baisses, si je te dis cours, tu cours, t'as bien compris?" "Oui, c'est clair." "On ne peut même pas aller à la police sans faire rire de nous.

Il ne faut compter que sur nous-mêmes." "J'ai compris, j'ai compris, allons-y." "Il vaut mieux prévenir que guérir, même si on est une bonne infirmière comme toi."

Nous sommes donc allés à la banque pour y trouver l'argent comme attendu. Cela m'a fait encore plus peur, car je me suis dis que s'ils étaient prêts à perdre cinq milles dollars pour piéger Danielle, c'est qu'ils sont vraiment décidés à agir.

Le lendemain à midi un homme d'une soixantaine d'années c'est présenté à l'endroit indiqué où il est descendu d'une limousine blanche. Il était d'une corpulence peu commune, bâtit comme un joueur de football. Il se devait d'être six pieds six et peser au-delà de deux cent cinquante livres. Il a immédiatement demandé à voir le condo en nous disant qu'il était très pressé.

"Je suis Laurent." "Moi, c'est Danielle et voici mon mari Jacques." "Alors montons si vous voulez bien." "Oui, c'est au sixième.

Nous sommes montés tous les quatres, car le chauffeur qui était tout aussi imposant que Laurent l'accompagnait tout comme s'il était son garde de sécurité. Je me suis demandé s'ils n'étaient pas de la mafia ou du gouvernement, ce qui est du pareil au même dans bien des cas. D'une manière ou d'une autre c'était plutôt inquiétant.

Aussitôt entrer, ils ont fait le tour de tout l'appartement en regardant même dans les gardes robes et en testant les lits et ce qu'il y avait dessous et tout ça sans dire un seul mot. J'avais commencé à penser avoir besoin de me servir de mes arts martiaux quand Laurent a ouvert la bouche pour dire;

“Que diriez-vous si je vous donnais trois cent milles pour ce condo et tous les meubles? Vous ne prendriez que vos affaires personnelles.” “Il faudrait que j'en parle avec ma partenaire.”

“Non, nous sommes d'accords.” “Mais Jacques !” “Nous sommes d'accords monsieur.”

“Laurent Charron est mon nom. Très bien alors, mon agent vous contactera dans moins de deux heures. Je veux aménager et pas plus tard que demain. Vous lui remettrez les, toutes les clefs s'il vous plaît.” “Il les aura monsieur et tous nos effets personnels seront hors d'ici avant minuit. Cela vous va?” “Ça ira. C'est bon, il faut que j'y aille maintenant. Bonjour !” “Bonjour monsieur.”

Ils s'en sont allés et j'avais devant moi une dame très concernée, complètement déconcertée avec des yeux très questionneurs.

“Mais Jacques, Jeannine va vouloir nous tuer.” “Pourquoi, lui avoir fait gagner plus en une heure qu'elle en gagne dans une année complète? Je ne pense pas.” “Mais il aurait fallu lui en parler avant.” “Ce monsieur n'avait pas le temps de niaiser. C'était là ou jamais. Qu'est-ce que votre ménage vous a coûté?” “Environ quinze milles, si je me souviens bien !” “C'est ce que j'ai pensé, il vous en donne quatre-vingt-dix milles. Je ne connais pas ses raisons et je ne veux pas le savoir, mais cet homme est vraiment pressé pour trouver un endroit et il le veut tout meubler, puis vous deux vous êtes plus riche de soixante-quinze milles." "C'est toi qui l'as mérité, moi je l'aurais perdu." "Sûrement si tu avais insisté pour le faire attendre, c'est pourquoi je me suis interposé. Pardonnes-moi !" "Te pardonner pourquoi? Nous avoir enrichie ! Qu'est-ce que nous ferions sans toi?" "La même chose qu'avant !" "Avant, je ne veux pas y penser."

Nous sommes allés chez moi pour attendre le coup de téléphone qui nous importait. Ça n'a pas été très long, en moins de quinze minutes on nous avait donné un rendez-vous chez le notaire.

"Tu as les papiers du condo?" "Ils sont là chez le notaire." "Mais où est votre copie?" "Elle est là chez le notaire. Nous avons pensé que c'était l'endroit le plus sûr." "Mon Dieu mais !" "Qu'est-ce qu'il y a?" "T'es mieux de prier pour que ce notaire soit honnête." "Pourquoi? C'est un homme de loi?" "Danielle, s'il l'a voulu ce condo est déjà à son nom et vous ne pourriez rien n'y faire." "Ça ne se peut pas." "Oh oui ça se peut. J'en ai connu un à Victoriaville qui m'a fait payer mes intérêts deux fois.

Je l'ai emmené en cour pour me faire dire par le juge, qu'il était désolé pour ma perte car, il était fort probable que je les avais payé une première fois, puisque les intérêts se paient toujours avant le capital, mais vu que je n'avais pas de preuve, je devais les payer de nouveau.

Le notaire m'avait dit lorsque je lui ai demandé un reçu que ce n'était pas nécessaire, qu'il l'écrirait dans le contrat. Voilà, c'était un homme de loi. J'ai su beaucoup plus tard que ce notaire avait été destitué, mais ça ne m'a jamais rendu mon argent." "Ça serait toute une shot de gagner soixante-quinze milles dans une journée et d'en perdre trois cents milles." "Ne ris pas, ça se peut très bien." "Je ne ris pas, je suis plutôt nerveuse." "Des papiers comme ceux-là, tu les mets ou bien dans un coffre fort ou dans un coffret à la banque, mais au grand jamais tu les laisse où tu pourrais ne plus jamais les revoir." "Jeannine et moi nous lui faisons confiance." "C'est correct de faire confiance aux gens, mais ce n'est pas correct de se mettre dans une position aussi vulnérable.

Prends par exemple, qu'est-ce qui aurait pu arriver s'il était décédé et que celui qui aurait pris sa relève était le docteur Sinclair." "Nous perdrions tout, tu as encore raison." "Bien sûr que j'ai raison, ne fais plus jamais une chose pareille.

C'est à espérer que tout ira bien sinon tout notre beau projet est à l'eau. J'espère aussi que nous serons là avant quiconque pour demander vos papiers. Ne pleures pas Danielle, mais il faut que tu comprennes que la grosse majorité des hommes d'affaire de ce monde prend avantage de la vulnérabilité des plus faibles." "Je sais, j'ai vu ce qui aurait pu arriver au vieux monsieur Fillion si tu l'avais voulu." "Nous sommes arrivés. Je t'en pris chérie, quoiqu'il arrive reste calme, veux-tu?" "Je le serai, ne t'en fais pas." "Allons-y maintenant."

Nous sommes entrés et même si nous avions vingt minutes d'avance, ils nous attendaient déjà. Ça c'était la bonne nouvelle, puisque cela signifiait que nous étions encore dans le portrait.

"Tout va très bien Danielle." "Tu es sûr?" "Oui, je le suis."

Il va sans dire qu'elle était très soulagée de l'entendre. Tout s'est bien déroulé et il ne manquait seulement que la signature de Jeannine. Aussitôt sortis de cet immeuble j'ai rejoint Jeannine sur mon cellulaire.

"Ici l'hôtel Dieu !" "Allô, est-ce que je pourrais parler avec Jeannine, s'il vous plaît." "Juste une minute."

"Ici Jeannine !" "Jeannine, est-ce que tu as quelques minutes?" "C'est toi Jacques, tout va bien?" "Oui, tout va bien. Jeannine, si je voulais acheter tout ton ménage tu me le vendrais combien?" "Je ne sais pas, je n'y ai jamais pensé. Danielle et moi l'avons acheté ensemble et je crois qu'il nous a coûté aux alentours de quinze milles." "Tu me le vendrais combien?" "Je ne sais pas, dix, douze milles peut-être. Que dirais-tu si je te faisais avoir quatre-vingt dix milles?" "Je dirais que tu te moques de moi." "Pas du tout, sais-tu où est le notaire Tremblai?" "Oui, c'est là que nous avons fait faire notre contrat pour le condo." "Il est vendu, vas m'attendre là après ton travail, veux-tu?" "Bien sûr mais, tu es sérieux?" "Oui, il est vendu, il ne manque que ta signature." "J'y serai." "Comment ça va au travail?" "Pour moi ça va, mais tu sais qui travaille ce soir." "Ah oui, je préviendrai Danielle. Il te faudra travailler quelques heures ce soir toi aussi." "Ça ira, je suis en forme, j'ai eu une nuit complète de sommeille." "Je m'excuse, je ne voulais pas te laisser tomber." "Tu en avais besoin, c'est compréhensible et pardonnable." "À tantôt, il se peut qu'on se rencontre à ta sortie de l'hôpital, je vais aller reconduire Danielle au travail. Bye !" "Bye !"

Après avoir reconduit Danielle à l'hôpital, je me suis rendu chez le notaire Tremblai pour y attendre Jeannine qui n'a pas tardé à se montrer. Aussitôt que les papiers en question furent signés et que nous avions une copie complète en mains, j'ai demandé à Jeannine de bien vouloir m'attendre à l'extérieur pour quelques minutes. Elle a semblé soucieuse de ma demande, mais elle y a quand même accédé.

"M. Tremblai, vous êtes un homme de loi très sérieux?" "Je pense bien l'être, oui." "Comment ce fait-il alors que vous avez laissé ces deux filles sans aucune protection?"

"Elles étaient sous ma protection personnelle et ça sur leur demande M. Prince." "Qu'aurait-il pu se passer s'il vous était arrivé quelque chose de fâcheux et que celui ou celle qui aurait pris votre relève serait déshonnête?" "Tout ça ne sont que des suppositions." "Ce sont des suppositions qui auraient pu conduire à la perte de trois cent milles dollars pour ces deux filles et ça c'est inacceptable.

Vous avez l'obligation de protéger vos clients envers et contre tous et ça contre eux-mêmes." "Ça sera tout M. Prince?" "C'est tout, mais ne me forcer pas à venir témoigner contre vous M. Tremblai, parce que je le ferai sans hésiter."

Jeannine qui se demandait bien ce que je pouvais fabriquer derrière son dos m'a quand même forcé la main pour tout savoir.

"Vous auriez pu tout perdre et c'est cinq années de vos revenus pour chacune de vous." "Mais c'est nous qui lui avons demandé de garder nos papiers, parce que nous ne savions pas où les mettre." "Il avait le devoir professionnel de vous protéger contre vous-mêmes. C'est facile pour n'importe qui de dire; Mettez-les dans un coffret à la banque ou dans un coffre-fort ou encore, faites faire une copie et laissez-la chez vos parents. Ça me fâche juste de penser que vous auriez pu tout perdre quand vous méritez toute la sécurité possible.

Bon c'est assez pour ça, il nous faut aller chercher vos affaires personnelles maintenant. Nous n'avons que quelques heures et il nous faut leur remettre les clefs avant huit heures ce soir." "J'en reviens pas, quatre-vingt-dix milles pour notre ménage. C'est bien vrai tout ça, je ne rêve pas?" "C'est écrit en noir et blanc sur le contrat qui sera mis dans un coffre-fort cette fois et barré a double tour et l'argent sera dans votre compte dans un jour ou deux.

Danielle voulait t'en parler avant de lui donner une réponse, mais l'acheteur n'avait pas le temps d'attendre, c'était là sur l'heure ou jamais, alors j'ai pris sur-le-champ la décision pour toi." "Tu as bien fait, mais pourquoi Danielle n'a pas décidé elle-même?" "Elle a extrêmement de respect pour toi. Vous deux vous êtes unies comme je n'ai jamais entendu parler." "Ça tu peux le dire, c'est comme qui dirait; À la vie à la mort."

Nous sommes donc allés chercher le reste de leurs affaires au condo juste après avoir ramassé une douzaine de boîtes de carton. Ceci fait nous avons retourné les clefs à qui il se devait.

"Je n'en reviens pas à quelle vitesse ce condo s'est vendu, peut-être devrais-tu te lancer dans la construction de ceux-ci." "Pour ça il me faudrait quelques millions que je n'ai pas et en plus les risques sont énormes." "Tu dois avoir raison sans compter que les maisons que tu bâtis sont tellement plus jolies." "Tu trouves, vraiment?" "Oui et la nôtre sera vraiment magnifique, j'ai tellement hâte de l'habiter." "Ça viendra, je commence l'excavation la semaine prochaine." "Mais la terre doit être encore gelée?" "Elle est en train de dégeler à l'emplacement de notre maison." "Déjà? Mais tu dois travailler même dans tes rêves?" "C'est dans mes rêves que je trouve ma direction." "Qu'est-ce que tu veux dire?" "Je te dis que Dieu me parle et me guide à travers mes rêves." "Tu inventes ça?" "Pas du tout ! Si je te disais que j'ai appris à jouer du violon dans un rêve, que j'ai composé un grand nombre de chansons où les idées sont venues des rêves, que mes idées pour les livres dont j'ai écrit sont venues des rêves, que j'ai dix inventions extraordinaires venues des rêves, que j'ai connu l'identité de l'Antéchrist et de la bête dans un rêve et que j'ai même appris à danser le cha-cha dans un rêve. Une fois je me suis réveillé au milieu de la nuit et j'étais tout en pleures.

Dans ce rêve je vivais et je chantais un terrible cauchemar." "C'était quoi ton rêve?" "Je chantais mon histoire et si tu le veux, je peux te la chanter." "J'aimerais bien ça. Sont titre est; Toujours obsédé et elle va comme ceci.

Toujours obsédé, je ne peux oublier ce qui se passa ce soir-là.

C'est vrai que j'ai trop bu, j'ai pris un verre de plus que je ne peux vraiment porter.

Lorsque sur mon chemin, ce qui fut si soudain ma voiture frappa, je'ne sais quoi.

Je saute hors de l'auto et je vis aussitôt, c'était là, c'était ma faute à moi.

Gisant sur le pavé elle est gravement blessée cette fille qui ressemble à mon aînée.

Quand elle me regarda, elle me dit; 'me voilà, c'est finit pour moi c'est terminé.'

Elle n'a que seize ans et elle est très jolie, pourquoi ce terrible accident?

Elle a dit; 'Pourquoi moi? Ai-je mérité ça? Pas plus que ma sœur ou mon frère !

Trouvez mon papa et dites à maman que je m'en revenais chez-moi.'

Jamais je n'oublierai lorsque j'ai annoncé à sa mère, ce fut terrible à faire.

C'est en ouvrant la porte, qu'elle a su de la sorte, c'était mauvais ce que j'apportais.

Puis m'ayant écouté, elle m'a raconté et j'ai dû croire toute la vérité.

Quand il y a deux ans, quand en les quittant, elle aussi parti pour me ramener.

Elle chercha partout oui son père un peu fou, mais qu'elle aimait par-dessus tout."

"Arrêtes ça Jacques, arrêtes ça tout de suite, c'est trop triste. Il y a plus encore, car cette histoire aurait très bien pu être la mienne. J'ai juste eu un peu plus de chance que cette fille. Moi, j'ai réussi à ramener mon père à la maison avant qu'il n'y eut un accident." "Comme je regrette ma chérie ! La dernière chose que je souhaite est bien de te faire pleurer." "Ce n'est pas de ta faute, tu ne pouvais pas savoir ce qui s'est passé dans mon enfance et ce n'est pas quelque chose dont j'aime à parler." "S'il te plaît chérie, cesse de pleurer, cela me crève le cœur comme le ferait des fléchettes. C'est ce que font des larmes dans tes yeux.

Je pleurais aussi quand je me suis réveillé au milieu de cette nuit-là. Puis, je me suis levé et je suis allé m'asseoir à la table pour écrire cette même chanson que je chantais dans mon rêve. C'était une histoire dont je n'avais jamais entendu parler et elle ne m'avait jamais traversé l'esprit non plus. Ce n'est pas facile de comprendre tout ça." "Ce n'est pas surprenant que tu sois plein de sagesse." "Tu dis connaître l'identité de l'Antéchrist et de la bête?" "Mon deuxième livre est intitulé; Le Vrai Visage De L'Antéchrist, écrit à la suite d'une étude de plus de cinq milles heures. C'est l'Antéchrist lui-même qui défie le monde d'être assez intelligent pour trouver le nom de la bête qu'il a créé, son numéro est six, six, six." "Mais quel est son nom?" "Pardonnes-moi Jeannine, mais je ne suis pas prêt à le dévoiler au monde maintenant, le temps n'est pas encore venu et n'oublie pas que lorsqu'il sera dévoilé, il rugira de fureur et plusieurs disciples comme nous se feront assassiner.

Le jour où je dévoilerai son nom, c'est le jour où je signerai mon certificat de mortalité à moins d'avoir des millions pour me cacher et je ne suis pas vraiment pressé pour ça.

Elle a toujours été cruelle et meurtrière cette bête-là." "C'est quand même très apeurant tout ça." "Mais

Jésus nous a donné un très bon message à ce sujet. Dans Matthieu 10, 28. 'Ne craignez pas ceux qui tuent le corps et qui ne peuvent tuer l'âme; craignez plutôt Celui qui peut faire périr l'âme et le corps dans la géhenne.'

J'aime la parole de Dieu, elle est instructive, elle est réconfortante et elle est pleine de vie. Je ne comprends pas que tant de personnes l'ont lu sans la suivre." "On ne peut certainement pas dire que toi tu ne la suis pas." "J'adore marcher avec Dieu. Parlons un peu de faire sa volonté, quand est-ce que tu penses commencer à faire des enfants?" "Aussitôt que tu le voudras mon cher amour. Et si on s'y mettait dès maintenant?" "Tu veux dire, si on se mettait?" "J'ai travaillé de longues heures aujourd'hui, vaut mieux prendre un bain." "N'oublies pas que je dois aller chercher Danielle à onze heures trente." "C'est vrai, allons-y tout de suite, il ne reste pas tellement de temps." "Nous avons deux heures devant nous, ça devrait être assez pour faire ton bonheur et un beau bébé." "Tu fais toujours mon bonheur Jacques, c'est tellement bon d'être avec toi, tu réussis à me faire jouir sans bon sens. Le sexe se doit d'être l'une des plus belles choses que Dieu ait fait !" "S'Il ne l'avait pas fait aussi bon certainement que sa volonté de remplir la terre ne se produirait pas."

C'est ce soir-là je pense selon les calcules que mon deuxième fils fut conçu. J'étais quand même à l'heure pour prendre Danielle à la fin de son quart. Tous comptes faits cette journée-là en fut une assez spéciale dans notre vie.

Une semaine plus tard je commençais juste à m'accoutumer à bien manipuler ma nouvelle excavatrice dont beaucoup de gens appellent pépine. J'ai réussi à creuser environ trois pieds de profondeur avant d'être arrêter par la gelée de nouveau. Dans deux jour j'aurai atteint la profondeur nécessaire pour commencer les fondations en autant qu'il n'y ait plus de terre gelée. Il est important que la gelée ne puisse pas atteindre le dessous des fondations, car si elle le fait, elle peut tout casser.

Un soir en prenant Danielle comme je le faisais déjà depuis plus de dix jours, elle était tout en larmes. Il n'y a rien au monde qui me crève le cœur comme ça.

"Mais qu'est-ce qui t'arrive pour l'amour du ciel?" "Je me suis trompée de médicament et une patiente est très malade à cause de moi. Elle est tellement enflée qu'elle est méconnaissable." "Mais tu ne dois pas te morfondre à ce point-là, sinon tu ne pourras plus faire ce travail." "C'est la première fois que ça m'arrive." "Une erreur en huit ans, ce n'est quand même pas exagéré." "Dans notre métier on ne peut pas se tromper comme ça, des gens pourraient en mourir." "Tu es trop dure avec toi-même, même les médecins font des erreurs. Qui était de garde ce soir?" "C'était Raymond, heureusement il connaissait l'antidote. Il a dit que la patiente devrait s'en remettre.

Je ne sais pas s'il m'a rapporté." "Il ne manquera pas une aussi belle occasion de se venger." "C'est vrai que l'occasion lui serait belle." "Allons quand même se coucher, ça ne sers à rien de s'arracher les cheveux et les tiens sont beaucoup trop jolis."

Cela m'a pris quelques heures, mais j'ai quand même réussi à la consoler. Au matin elle m'a demandé si elle pouvait m'accompagner au travail insistant pour connaître les bases de mon métier.

"Je ne vais pas sur notre projet ce matin, la terre est encore gelée, cependant si tu le veux toujours, demain matin je vais terminer l'excavation. Retournes au lit et reposes-toi bien, je te réveillerai demain matin."

Elle est retournée au lit et moi je me suis rendu sur mes chantiers. Raoul avait les choses bien en mains et il ne restait plus qu'une dizaine de jours pour tout terminer les travaux en cours. Ce sont trois maisons dont deux me procuraient de bons profits, mais beaucoup moindre pour la troisième. Il faudra que je m'attarde sur ce problème pour voir ce qui n'a pas marché pour celle-là. Je savais qu'il y avait eu une erreur quelque part.

"Voudrais-tu terminer en ordre le 222, puis le 228 et terminer avec le 224." "Je ne vois aucun problème, mais as-tu une raison spéciale?" "Oui Raoul, ces deux-là me rapportent un profit et celle-là pour une raison que je ne connais pas encore me rapporte presque rien." "C'est quand même étrange. C'est toi qui as fait tous les calcules?" "Oui et c'est pourquoi je suis intrigué, mais je trouverai, t'en fais pas. OK, dans dix jours je vous veux tous à ma ferme, tu as les directions? " "Oui, tu me les as déjà donné l'autre jour." "C'est tout ce que j'avais à dire, as-tu des questions?" "Non, je pense avoir tout ce que nous avons besoin." "C'est bon, appelles-moi s'il vous manque quelque chose."

Je suis retourné chez moi pour trouver Danielle en train de préparer la table et le repas était prêt à servir. Il n'y a pas plus jolie qu'une femme enceinte qui vous sert à manger. J'ai ressentis tellement d'amour pour cette femme à ce moment précis que j'ai eu peine à retenir des larmes de joie. Je remercie mon Dieu tous les jours qu'Il fait pour mes amours et pour le bonheur qu'elles me procurent.

"Salut toi, comment vas-tu?" "Je vais bien grâce à toi." "Moi aussi je vais bien grâce à toi. On est quitte." "Tu as reçu quelques lettres, je les ai mis sur ton bureau." "Merci, je verrai après le dîner. Je n'ai eu aucun appel?" "Non, on m'a laissé dormir comme un ange." "Mais tu es un ange ma chérie." "Pour toi seulement !" "Là, je veux bien être égoïste et te garder pour moi seul." "Ne crains rien, je suis tout à toi et rien qu'à toi." "Tu es des plus charmantes, c'est pas pour rien que je t'aime tant. Embrasses-moi, c'est tout ce que je veux pour dessert." "Moi aussi, je ne veux pas prendre trop de poids."

Le dîner terminé, je suis allé ouvrir mon courrier. Il y avait là une lettre de la cour provinciale et une autre confirmant que la nouvelle propriété a été enregistrée aux noms de Jeannine, de Danielle et de moi-même.

La première lettre m'obligeait à comparaître à la cour de Sa Majesté la Reine à telle adresse le 31 Mars à dix heures pour témoigner au procès de m. Bernard Sinclair. Je me demandais qui aurait bien pu me citer comme témoin. Ce n'était certainement pas un des Sinclairs.

Ça se devait d'être un des portiers qui voulait prouver qu'il avait eu une raison valable de foutre Sinclair dehors. Mais pourquoi moi, il y avait plusieurs personnes qui pouvaient témoigner de ce fait-là. Finalement je me suis dis; Pas la peine de me casser la tête, on verra bien.

Jeannine pouvait être aussi un des principaux témoins, mais ni elle ni moi n'était là lorsque Sinclair est revenu au club armé d'un pistolet. En réalité, il n'y avait pas du tout de raison pour moi d'être appeler à témoigner pour un crime dont je n'avais pas été témoin. Il fallait quand même que je me présente à la cour si je ne voulais pas me rendre coupable d'un crime contre Sa Majesté. En attendant la vie continue.

Le lendemain matin Danielle m'accompagnait et je l'ai fait monter avec moi dans l'excavatrice. J'ai donc continué l'excavation en sa compagnie. J'étais heureux d'apprendre que le terrain était plutôt sec. Les matériaux nécessaires avaient été délivrés la veille. J'ai étendu une bonne couche de pierres concassées qui est un élément très important pour empêcher les mouvements de la terre sous la maison. Tout y était, les barres d'acier, les matériaux pour les formes, le drain agricole perforé pour l'écoulement des eaux superflues, le papier d'étanchement bleu et collant qui rend la fondation aussi étanche qu'une piscine et le stirfoam pour empêcher le ciment de geler.

Comme de raison Danielle voulait tout savoir et tout apprendre la même journée. Elle n'était certes pas faite pour des travaux de ce genre, elle qui est si féminine et si délicate. Demain il me faudra emmener un aide capable de clouer et d'enfoncer les piquets. Il m'a fallu ramener Danielle pour qu'elle se prépare pour son travail et il va sans dire que j'aimais de moins en moins sa situation à l'hôpital.

Quoi qu'il en soit, il s'est passé une autre semaine sans qu'il y eut un autre accrochage. Le lendemain matin je terminais la première phase des fondations à l'aide de mon transit et de mon nouvel apprenti. À la fin de la journée tout était prêt pour recevoir le ciment. Il faut dire que j'ai découvert une méthode pour couler le tout en un seul coup, je veux dire la base et les murs. L'étanchéité y est beaucoup plus assurée.

Je fais mon salage quatre pieds et demi de haut pour l'emmener à deux pouces au-dessus du sol, ce qui revient à meilleur marché et donne une maison beaucoup plus chaude. Le reste, je le construis avec du deux par huit et comme ça, je peux y mettre de belles grandes fenêtres pour le sous-sol et une bonne doublure d'isolation. Des fenêtres dans lesquelles je peux faire glisser des feuilles complètes de contre plaqué et de plâtre. Croyez-moi ça n'en vaut le coût. C'est aussi très avantageux si un jour vous voulez louer le sous-sol.

Le lendemain la température était idéale pour la coulée avec un beau huit degrés. La plupart des poseurs de formes alignent les murs à l'extérieur, mais moi je le fais à l'intérieur, de cette façon j'ai presque un mur finit, c'est-à-dire qu'il ne me reste plus qu'à installer un stirfoam et de le strapper avec des 1 x 2 ou des 1 x 3 aux seize pouces quelques jours plus tard alors que les clous pénètrent le ciment comme dans du bois mou et lorsque le ciment est durci, il n'y a plus moyen d'arracher ces clous. Voilà le tour est joué et vous venez juste de sauver quelques milliers de dollars et ça très facilement. Le soubassement était coulé à midi et par le fait même cela me libérait pour le reste de l'après-midi.

Il me faudra revenir dans deux jours pour enlever les formes. J'ai ramené mon aide à mes autres chantiers et je m'en suis allé chez moi. Je tenais vraiment à savoir si mes voisins étaient prêts à vendre leurs propriétés aussi. Bien sûr je voulais acheter avant qu'elles ne prennent trop de valeur. Elles contiennent beaucoup de bois dans lequel j'étais très intéressé.

"Bonjour, c'est m. Fillion?" "Oui c'est moi, que puis-je faire pour vous?" "C'est moi Jacques. Comment allez-vous?" "Jacques qui?" "Jacques Prince voyons, vous m'avez déjà oublié?"

"Non, je ne t'ai pas oublié, mais j'ai du mal à reconnaître les voix au téléphone." "C'est comprenable à votre âge." "Est-ce qu'il y a un problème?" "Pas du tout, j'ai seulement besoin d'informations." "Si je peux t'aider, je vais le faire." "Je voudrais connaître les noms de mes deux voisins, est-ce que c'est possible?" "Bien sûr, celui du côté droit c'est Jean St-Amant et sur le côté gauche c'est Maurice Doiron." "Est-ce que vous savez où ils demeurent?" "Oui, ils demeurent tous les deux à Trois Rivières." "Vous n'avez pas déjà tout dépensé vos vingt milles?" "Non, mais j'ai une sacrée de belle TV de quarante-huit pouces par exemple." "C'est bon pour vous, profitez-en, vous savez qu'on ne l'emmène pas en terre. Bon, c'est tout pour moi, je vous remercie, ça m'est très utile." "Je suis heureux de pouvoir t'aider Jacques." "Prenez soin de vous, à la revoiyure."

Il était déjà presque l'heure d'aller reconduire Danielle à l'ouvrage, mais dans le but de m'éviter des ennuies elle a suggéré qu'elle devrait voyager seule dorénavant.

"Il en n'est pas question Danielle, tant et aussi longtemps que Bernard Sinclair n'est pas derrière les barreaux. Il ne reste que quelques jours avant le procès, prends ton mal en patience, veux-tu?" "Mais tu pourrais accomplir tellement plus si ce n'était pas de ça." "Mais j'aime passer ces vingt minutes de plus avec toi."

Cela mettait fin à cette discussion. Quatre jours plus tard c'était le procès finalement. Je me suis présenté à l'heure et à l'endroit de l'invitation. Bernard Sinclair était déjà assis dans la boite des prisonniers et les procédures commençaient lorsque j'ai aperçu entre autres une figure qui ne m'était pas inconnue, mais qui m'intriguait grandement. L'agent de l'acheteur du condo était là présent. Je me suis longuement demandé en quoi cette affaire pouvait le concerner. Puis, mon tour de témoigner est venu. Je me suis assis dans la boite à témoins et un officier s'est approché de moi en me demandant de mettre la main sur la bible.

"Je ne jure pas monsieur." "Vous devez jurer monsieur Prince." "Non monsieur, je ne suis pas obligé de jurer."

"Monsieur Prince voulez-vous dire à la cour pourquoi vous ne voulez pas jurer?" "Oui monsieur le juge, je peux vous le dire, mais encore mieux, si vous le permettez, j'aimerais que votre officier lise dans la bible la raison en question. S'il veut bien ouvrir cette même bible dans Matthieu 5, de 34 à 37 et lire ce qui y est écrit."

"Allez-y officier." "'Mais moi je vous dis de ne jurer aucunement, ni par le ciel, parce que c'est le trône de Dieu; ni par la terre, parce que c'est son marchepied; ni par Jérusalem, parce que c'est la ville du grand Roi. Ne jure pas non plus par ta tête, car tu ne peux rendre blanc ou noir un seul cheveu. Que votre parole soit oui, oui, non, non, ce qu'on y ajoute vient du diable.'

"Officier, voulez-vous demander au témoin de promette au lieu de jurer, s'il vous plaît?"

"Vous comprenez monsieur Prince que vous pouvez être pénaliser au même degré si vous êtes pris à mentir à la cour au même titre qu'un parjure." "J'en suis conscient monsieur le juge."

"Monsieur Prince promettez-vous de dire la vérité, toute la vérité et rien que la vérité? Levez la main droite et dites, je le promets." "Je le promets."

"Qui est-ce qui a dit ça dans la bible?" "C'est le Christ lui-même, votre honneur. En ce qui me concerne les cours de justice et pratiquement tous les gouvernements sont Antéchrist." "Taisez-vous monsieur Prince." "Mais votre honneur on m'a fait promette de dire toute la vérité." "Si vous ne vous taisez pas monsieur Prince vous serez accusé d'outrage au tribunal."

"Pouvez-nous dire à la cour monsieur Prince ce qui c'est passé le treize mars au soir à ou aux alentours de minuit trente au club Le Tourbillon?"

"Veillez répondre à la question monsieur Prince. Veillez répondre Monsieur Prince." "Mais là je ne comprends vraiment plus, on me fait promette de dire toute la vérité et quand j'ai à peine commencé on me dit de me taire. Je décide donc de me taire et on me dit de répondre.

À minuit trente ce soir-là j'étais avec ma fiancée et son amie à leur appartement en train de bouffer un buffet hors paire." "Faites descendre ce témoin officier, j'en ai assez entendu et faites venir le prochain témoin."

Je suis donc descendu de la boite à serments et une femme est venue prendre le siège que j'occupais. La même procédure se poursuivait et la femme en question a dit à la cour qu'elle ne savait pas trop si elle devait ou pas jurer. Le juge lui a demandé de se faire une idée ou bien vous jurer ou bien vous promettez.

Elle et presque la moitié des témoins suivants ont aussi choisi de promette au lieu de jurer. Je n'ai pas pu faire autrement que de me rappeler un autre message de Jésus dans Matthieu 10, 18. 'Vous serez menés, à cause de moi, devant des gouverneurs et devant des rois, pour servir de témoignage à eux et aux païens.'

Le juge a condamné le défendeur, monsieur Bernard Sinclair à deux ans moins un jour d'incarcération dans une institution à mesures minimales, puisqu'il n'avait pas d'antécédent judiciaire. C'est à ce moment-là que j'ai compris ce que l'agent de notre acheteur faisait là quand en sortant, il a dit au prisonnier qu'il était chanceux que la justice l'ait trouvé avant lui. J'ai su un peu plus tard que Bernard Sinclair avait forcé la porte du condo pensant qu'il appartenait encore à mes femmes.

Ce qu'il n'avait pas prévu c'est que le nouveau propriétaire a fait installer des caméras à l'extérieur et à l'intérieur. Mais la plus grande surprise est venue lorsque le juge s'est levé et a déclaré que c'était son dernier procès, qu'il ne serait plus jamais accusé d'être Antéchrist.

Il a de ce fait demandé de lui trouver un remplaçant sur-le-champ. Il m'a jeté un regard triste et il s'est retiré. Ce qui m'a également surpris c'est que le docteur n'était pas présent pour le procès de son frère. Il savait sûrement que son frère était dans la merde à cause de lui.

Trois jours plus tard Danielle a commis la même erreur à l'hôpital, mais cette fois-là elle a été sermonnée par le directeur qui ne l'a pas trouvé drôle du tout. Il y a toujours le risque d'être actionner par le patient. Encore une fois Danielle était dévastée et ne comprenait pas ce qui lui arrivait. Elle s'est même demandé si ce n'était pas parce qu'elle était enceinte.

"Si ça m'arrive une autre fois je serai suspendue." "Mais non voyons, il manque beaucoup trop d'infirmières au Québec pour que tu sois mise à la retraite même temporairement. Ils vont te mettre sur surveillance avant ça.

Pourquoi ne demandes-tu pas d'être sur le même quart que Jeannine?" "Ça c'est une brillante de bonne idée. J'ai comme l'impression que j'aurai besoin d'elle, je verrai ce qu'ils en disent. Une chance que je t'ai, toi."

Je ne sais pas trop pourquoi ni pour quelles raisons, mais j'avais des doutes sur sa culpabilité, comme si soudainement elle n'était plus responsable. Ça ne faisait tout simplement pas de sens. C'est alors que j'ai imaginé un plan pour découvrir le vrai coupable. Bien sûr je me doutais bien que le docteur y était pour quelque chose, mais il fallait quand même le prouver et il n'y avait pas de temps à perdre.

Je ne pouvais pas non plus en parler à Danielle de peur qu'elle ne donne la chandelle. Il m'a donc fallu garder ça pour moi, mais ce ne fut pas du tout facile. J'ai contacté un ami à moi qui est DP, détective privé. Le docteur n'avait pas beaucoup d'amis, mais il était sur le point de s'en faire un qu'il n'oubliera pas de si tôt.

"Roger, j'ai besoin de toi pour une cause assez spéciale et urgente et qui me touche beaucoup." "Ça l'air d'être grave." "Oui, je suis très concerné en ce moment. J'ai besoin de toi pour une semaine ou deux. Est-ce que tu es occupé?" "Ça adonne bien, c'est plutôt tranquille ces jours-ci. Je vais pouvoir te donner un bon deal. Qu'est-ce que je peux faire pour toi mon ami?" "J'ai besoin que tu te fasses un nouvel ami." "Tu me connais bien Jacques et tu sais que je choisis mes amis très soigneusement." "Celui-là sera une exception et je l'ai choisi pour toi." "Qui est-il?" "C'est le docteur Raymond Sinclair." "Que penses-tu qu'il a fait?" "Je pense qu'il a manipulé des médicaments et il laisse Danielle prendre la fessée à sa place." "Pourquoi ferait-il une telle chose?" "Ça pourrait être par jalousie ou par vengeance, c'est ce qu'il faut découvrir et prouver sans l'ombre d'un doute. Il ne doit cependant pas se douter de rien, sinon ça sera raté. C'est ce qui explique ton intervention. Il mange tous les jours au restaurant devant l'hôpital." "Que veux-tu que je fasse?" "Je veux que tu deviennes son ami et que tu essais de le faire parler. Je ne veux pas le faire condamner, je veux juste qu'il s'éloigne, qu'il démissionne, s'il est coupable bien attendu. Choisis toi-même tes méthodes, mais j'ai besoin d'une confession enregistrée." "Laisses-moi ça entre les mains, je m'en occupe dès demain." "Roger, ça presse." "J'ai compris, t'en fais pas."

Maintenant que Bernard Sinclair était enfermé, il restait une menace de moins et je pouvais donc continuer à performer de nouveau des journées complètes de travail. Les travaux allaient bon train, puisque j'avais en quelques sortes créé une espèce de compétition entre deux équipes, une à gauche de mes quartiers et l'autre à droite. J'ai mis Raoul d'un côté avec deux menuisiers et un apprenti et moi j'ai pris l'autre côté avec un menuisier et un apprenti. Les équipements étaient les mêmes pour chaque équipe. J'ai donné les instructions à tout le monde de façon équitable en spécifiant les points stratégiques.

"Où ça prends deux clous, je veux deux clous, où ça prend trois clous je veux trois clous. Je ne veux aucune faille à aucun endroit et j'examinerai les travaux à chaque soir. Si je trouve quelque chose de mal fait, vous devrez reprendre le travail. Ça ne payera pas de tricher pour sauver du temps. Lorsqu'une équipe sera prête à lever un mur l'autre équipe ira l'aider immédiatement. C'est parti mon quiqui, c'est l'heure du départ."

Je pouvais dire dès le départ que tous les gars avaient une envie folle de gagner. Raoul avec ses hommes s'en sont allés sur le logement de Danielle et moi avec les miens nous avons pris le logement de Jeannine. J'ai aussi dit à Raoul de ne pas hésiter à me contacter s'il en sentait le besoin. Voilà qu'en une seule journée tous les murs étaient debouts. Vers les quatre heures trente, j'ai traversé de l'autre côté pour mesurer les ouvertures et pour m'assurer qu'elles avaient les bonnes dimentions. Dans l'ensemble j'étais satisfait, puisqu'une seule était trop petite. Après vérification avec le plan nous avons constaté que l'erreur était bien une de lecture. Ce sont des choses qui arrivent, mais Raoul était quand même concerné.

"Comment ce fait-il que vous avez fait le même travail avec un homme de moins? Vous n'avez même pas eu l'air de courir." "T'essaieras de planter des clous en courant. Je peux te dire que tu manqueras ton coup plus souvent qu'autrement. Tout est dans la façon de s'y prendre. La première des choses il faut que je te dise que deux hommes qui travaillent séparément à la fin d'une journée valent deux journées d'ouvrage et que deux hommes qui travaillent ensemble ne valent qu'une journée et demie. Je parle ici de deux bons travailleurs dans les deux cas." "Comment expliques-tu ce phénomène?" "Il y a toutes sortes de raisons, soit qu'il y en a un dans le chemin de l'autre, soit qu'il y a trop de discutions entre eux, soit qu'un attend après l'autre.

Je n'étais qu'un garçon de treize ans avec mon père dans le bois et aucune des six autres équipes d'hommes n'arrivaient à nous surpasser et cela même si mon père qui était le contremaître passait une journée complète hors de notre chemin, car il devait aussi mesurer le bois de tous les autres. Nous n'avons pas travaillé plus fort, mais plus intelligemment et surtout plus efficacement. C'est aussi pourquoi il y a un manque de profit sur l'une des trois maisons. Je n'y ai pas participé autant que je l'ai fait pour les deux autres.

La différence est dans le coût des salaires. Je ne veux pas que les hommes travaillent plus fort, mais qu'ils soient plus efficaces." "Il faudra que tu m'éclaires là-dessus." "C'est très simple Raoul, tu n'as qu'à répartir le travail à différents endroits. Tu donnes au plus fiable pour mesurer à l'un d'entre vous qui saura bien installer une liste de matériaux à couper, il pourra normalement fournir les trois autres qui n'auront qu'à réunir les morceaux aux bons endroits.

Ce que vous avez fait aujourd'hui c'est qu'un gars prenait un 2x6 le coupait et l'installait. Il a fait ça toute la journée, je vous ai vu faire, mais je voulais vous le prouver avant d'en parler. Sur mon côté la scie n'a presque pas arrêté pendant cinq heures. Moi et le nouveau menuisier nous avons installé les morceaux toute la journée presque sans se préoccuper des mesures et sans toucher à une scie et rarement a notre gallon à mesurer. Le résultat est que nous avons sauver le salaire d'un homme sans travailler plus fort que votre gangue. Tu sais que trois cent dollars par jour ça fait beaucoup d'argent à la fin du mois." "Je suis bien obligé d'admettre que tu as raison, les résultats sont là."

Après le souper je suis allé montrer nos efforts de la journée à Jeannine qui n'en croyait tout simplement pas ses propres yeux.

"Mais tout ça est incroyable, comment fais-tu? Vous devez être une douzaine d'hommes?" "Non, nous sommes sept, mais nous travaillons efficacement et l'érection des murs c'est ce qui impressionne le plus. Il n'y a rien qui paraît le matin et le soir venu, il y a toute une charpente devant toi. En ce qui concerne la maison, Danielle et moi nous devons te parler en fin de semaine. Nous voulons être ensemble et parler à tête reposée." " Ça l'air d'être assez grave votre affaire?" "Ce n'est rien de mauvais, t'en fais pas, mais nous pensons que c'est important." "Le moins que je puisse dire c'est que tu peux être intrigante." "Elle va être superbe Jacques, j'ai tellement hâte de l'habiter, mais ça va nous faire tout drôle de vivre séparément. Tu sais que nous vivons sous le même toit depuis plus de dix ans." "Oui, je sais, mais vous pourrez quand même vous visiter à volonté, il n'y a pas très loin d'une place à l'autre." "Je ne comprends pas ce qui se passe avec elle au travail, ça ne lui est jamais arrivé auparavant." "Le docteur Sinclair est là depuis longtemps?" "À peu près un an et demi." "Tu as aussi travaillé avec lui, n'est-ce pas? Comment se comportait-il avec toi?" "Il était plutôt gentil, mais comme tu sais, il me courrait après." "A-t-il déjà montré des signes de violence ou d'impatience? Tu sais que son frère est maintenant en prison pour un acte très violent." "Pas vraiment non, je me suis trompée de médicament une fois, mais il n'en a jamais glissé mot et il n'y a pas eu de conséquence trop grave." "Est-ce que tu sais si c'est arrivé à d'autres infirmières?" "Pas à ma connaissance !" "C'est quand même curieux que ça puisse arriver aux deux infirmières les plus consciencieuses de l'hôpital." "Nous sommes deux infirmières en amour par-dessus la tête, tout peut arriver." "Ça pourrait bien être la raison oui, mais il ne faudrait pas que ça cause la mort de quelqu'un."

"Il n'y a plus rien à faire pour changer notre état d'âme, tu le sais." "Ce n'est pas ce que je veux changer Jeannine, je vous aime beaucoup trop pour ça." "Et si nous allions chez nous maintenant? J'ai envie de toi mon charpentier préféré." "Moi aussi j'ai envie de toi." "Prends ton temps, mais fais ça vite."

Il y a des choses et des mots qui ne s'oublient jamais et des moments qui demeurent précieux toute une vie et j'en ai beaucoup. Huit jours après mon entretien avec Roger j'ai reçu un appel de lui.

"Tu veux venir me rencontrer chez moi? Je pense avoir ce que tu as besoin." "Es-tu certain que c'est la meilleure place chez toi? Il ne faudrait pas qu'il nous voie ensemble ou qu'il me voie près de chez toi, cela pourrait tout compromettre." "Tu as raison, c'est risqué." "Attends juste qu'il soit au travail et toi viens chez moi. Les filles ne sont pas au courant de mes démarches et il faut que ça demeure comme ça jusqu'à ce qu'on l'ait pincé." "Peux-tu me dire pourquoi?" "Bien sûr, si elles glissaient un seul mot qui lui mettrait la puce à l'oreille, cela foutrait tout en l'air et je ne peux pas prendre ce risque." "Si jamais j'ai besoin de quelqu'un pour enquêter, je penserai à toi." "Nevermind, j'ai assez de mes brebis à surveiller."

Le lendemain juste avant le souper Roger était chez moi et je l'ai fait descendre au sous-sol après l'avoir présenté à Jeannine qui préparait le repas. Je lui ai spécifié qu'il ne faudrait pas être dérangé pour la prochaine demi-heure et que c'était très important.

Après avoir écouté la cassette très attentivement j'ai compris que ce n'était pas tout à fait assez pour le faire condamner, qu'il n'y a pas là la preuve irréfutable que je cherchais.

"Il faut que tu le fasses parler sur les médicaments un peu plus. Il faut qu'il admette que c'est lui qui a changé la prescription sans en parler à Danielle. Nous savons maintenant que c'est lui, mais il faut le prouver sans aucun doute." "Tu réalises que ça prendra plus de temps et que durant ce temps Danielle est à risque de perdre son emploi?" "Oui, mais si nous ne pouvons pas le prouver sans aucun doute nous en sommes au point zéro et elle risque de perdre son emploi encore plus. Sans une preuve solide il est gagnant. Alors tu continus, veux-tu?

Tu es sur la bonne piste et tu as fait du bon travail, mais il m'en faut plus." "C'est difficile de croire qu'il peut faire une telle chose, il est si gentil." "Ça prouve une seule chose, c'est que les méchants aussi peuvent être gentils, mais il faut quand même l'arrêter. Tu restes avec nous pour souper, sinon Jeannine sera insultée." "Je ne voudrais pas insulter une aussi jolie fille." "Tu regardes, mais tu ne touches pas. Pour les détails, tu veux te faire construire une maison." "Compris !" "Une autre chose avant de monter, tu fais vite, invites-le, fais-le boire, mais fais-le parler au plus sacrant." "Je pense qu'il a congé en fin de semaine." "C'est la bonne occasion. Allons-y."

Nous avons pris notre souper et Roger a eu bien du mal à regarder ailleurs qu'en direction de Jeannine, mais je ne pouvais quand même pas le blâmer, puisque je lui avais dit qu'il pouvait regarder. C'est vrai qu'elle est la plus belle des femmes que j'ai eu la chance de connaître. Cela lui a pris trois jours de plus, mais il est quand même revenu avec toutes les preuves nécessaires pour mettre fin aux ambitions du docteur Sinclair. Les dites preuves étaient sous formes d'aveux de la bouche même du coupable et ça dans un enregistrement aussi clair que de l'eau de roches.

"J'ai eu de la peine à en croire mes propres oreilles Jacques, il est un homme si gentil et si intelligent. Je ne pense pas qu'il voulait vraiment faire du mal." "Tu appels ça faire le bien, laisser accuser une autre personne à ta place pour une erreur qu'elle n'a pas commise?" "Mais je pense qu'au fond de lui-même, il veut seulement protéger Danielle." "Peu importe quels sont ses motifs et peu importe ce qu'il pense, il nous faisait beaucoup de mal et il a causé à son frère de prendre deux ans de prison. Ça non plus ce n'est pas faire le bien." "Quand même, je ne pense pas qu'il mérite la prison."

"Mais je ne veux pas l'envoyer en prison, je veux seulement qu'il cesse de causer du trouble et si tu veux demeurer son ami je ne m'y opposerai pas du tout, car il en a grandement besoin, mais je doute sincèrement qu'il fasse un jour parti de mon cercle d'amis." "Peux-tu me laisser en dehors de tout ça dorénavant?" "Si c'est ce que tu veux, il n'y a pas de problème. Je te dois combien?" "Tous les frais inclus ça se monte à deux milles dollars. Est-ce que ça valait le coût?" "Il était en train de ruiner la carrière et la santé de Danielle, certainement que ça valait le coût." "J'ai seulement besoin de savoir où je peux le rencontrer et discuter avec lui sans causer une trop grande commotion." "Au restaurant où il va souper tous les soirs est un endroit assez tranquille. Il faut que je te dise qu'il croit que tu trompes Danielle avec Jeannine et franchement je ne crois pas qu'il a complètement tard." "Je te mettrai au courant peut-être un jour. Salut et merci !" "Je voudrais pouvoir te dire que je suis fier de t'avoir rendu service, mais je ne le peux pas. Salut !"

Il était un ami, mais pas un ami à qui je pouvais me confier à ce moment-là, en tous cas pas en ce qui concerne mes deux amours. Le lendemain aux alentours de sept heures trente j'étais au restaurent dans l'attente du docteur Sinclair.

J'avais avec moi un petit magnétophone et une copie de l'enregistrement de la confession complète de notre intergumènes. J'ai attendu qu'il eût presque terminé son repas et il va sans dire que je ne me suis pas préoccupé qu'il en fasse une indigestion ou pas. Je me suis alors levé et j'ai marché jusqu'à sa table en m'invitant moi-même à m'asseoir.

"Vous permettez docteur Sinclair?" "Ne vous gênez surtout pas m. Prince. Vous comprendrez que je n'ai rien à vous dire, mais vous avez sûrement une raison pour être ici." "Tant mieux parce que moi j'ai besoin que vous m'écoutiez et que vous écoutiez très attentivement." "Ça l'air très sérieux votre affaire m. Prince?" "Cela dépendra seulement de vous docteur." "En quoi puis-je vous aider?" "Il faudra au contraire vous aidez vous-même docteur." "Moi, mais je n'ai besoin de rien." "C'est ce que vous croyez, mais moi j'ai la preuve que vous avez besoin de trouver un travail ailleurs." "Je n'ai pas l'intention de changer d'emploi, je suis très bien ici entouré d'infirmières absolument formidables et très jolies en plus." "J'ai quelque chose à vous faire entendre docteur Sinclair." "Qu'est-ce que c'est?" "Écoutez bien, c'est un court message qui en dit long." "Où as-tu pris ça?" "La provenance n'a aucune importance, l'important pour vous et moi et surtout pour Danielle c'est qu'il est en ma possession et que je m'en servirai si c'est nécessaire." "Mais c'est du chantage." "Appelez ça comme vous le voulez, moi je dois défendre celle qui m'importe et ce que vous lui avez fait est dégueulasse." "Qu'est-ce que tu attends de moi?" "Je veux que tu donnes ta démission dès demain, effectif immédiatement et que tu disculpes Danielle complètement. De mon côté je m'engage à garder tout ça pour moi jusqu'au jour où tu me forcerais à faire autrement. Personne autre que toi, moi et le D.P. que j'ai engagé pour te faire parler n'est au courant de ceci. En passant, il est complètement dévasté par ta confession et il croit que tu faisais ça pour aider Danielle. Dis-moi pourquoi changer les médicaments?" "J'espérais qu'elle me supplie de l'aider." "Contrairement à ce que tu peux penser, elle et Jeannine sont très heureuses et très satisfaites. Ce que tu as fait à ton frère est aussi dégueulasse et il doit avoir besoin de toi maintenant. Je l'ai vu à son procès, il avait l'air tout à fait déconcerté et perdu." "Y a-t-il autre chose?" "Ça sera tout, mais je m'attends à ce que tu t'exécutes dès demain."

"Il te serait facile de me faire condamner en justice, je pourrais tenir compagnie à mon frère." "Je n'ai rien pu faire pour ton frère et je le regrette, car je ne pense pas qu'il méritait un tel sort et le Québec a trop besoin de médecins en ces temps-ci, ce qui fait que nous avons besoin même de ceux comme toi. Tu n'as pas à craindre quoi que ce soit de moi si tu te conformes à notre entente. Je dois partir maintenant, Jeannine m'attend."

J'ai pris congé de lui et j'étais convaincu qu'il s'y conformerait, car il n'avait pas le choix, c'était ça ou la justice et sa carrière. Je m'en suis retourné chez moi pour retrouver Jeannine qui n'a plus l'habitude de passer ses soirées toute seule.

"Tu as été bien long, où étais-tu?" "Il m'a fallu discuter avec un client qui a des restrictions assez spéciales." "J'espère que ça n'arrive pas trop souvent, tu m'as manqué." "Non, ces cas-là n'arrivent qu'une seule fois dans une vie, du moins je l'espère. Je suis fatigué, ce gars-là m'a exaspéré." "Je vais te faire couler un bon bain d'eau chaude." "Tu es très gentille, je t'assure que je l'apprécie." "Si tu veux te laisser faire je vais te savonner, te rincer, t'essuyer et après tu verras bien." "Tout ce que tu voudras chérie."

Je me suis laissé faire avec tout ce qu'elle voulait, mais le lendemain je me suis demandé si je n'avais pas été drogué tellement je ne me souviens pas ce qui s'est passé ou très vaguement. C'est Jeannine qui est allée chercher Danielle parce qu'elle n'a tout simplement pas pu me réveiller. Tout ce que j'ai consommé au restaurant était avant la venue du docteur. C'était, je pense seulement qu'une fatigue accumulée. Ça faisait plusieurs semaines que je me couchais tard et que je me levais tôt, alors je n'ai pas chercher plus loin.

Le temps d'entreprendre les travaux de la toiture était arrivé pour notre maison et s'il y a un endroit où il faut être réveillé c'est bien là. Mes deux infirmières adorées ont compris qu'il était temps pour elles de me donner un peu de répit. Elles m'ont donc donné une fin de semaine complète de congé. Est-ce que j'en ai dormi un coup? Au souper le lundi suivant Danielle m'est arrivée avec la grande nouvelle.

"Jacques, je suis blanchie." "Qu'est-ce que tu veux dire, tu es blanchie?" "Je veux dire que l'hôpital m'a fait des excuses, car ce n'était pas mes erreurs avec les médicaments, mais celles du docteur Sinclair. Il a avoué ses erreurs et il a donné sa démission. Il n'est plus à l'hôpital." "Oh, quel bonheur chérie, je dois t'avouer que j'ai eu du mal à croire que c'était de ta faute. Tu es tellement consciencieuse avec tout ce que tu fais. Il faut célébrer ça. Que dirais-tu d'un peu de champagne?" "Du champagne, mais tu es toujours prêt à tout toi." "C'est un grand jour, il faut célébrer ça. Je vais enfin pouvoir voyager toute seule maintenant que Sinclair est parti. Il a dit avoir du travail à l'autre bout du pays." "Je vais aller au sous-sol chercher une bouteille et on va mettre de la musique et danser jusqu'à ce que mes jambes n'en puissent plus. Que dis-tu de ça?" "C'est magnifique mon amour."

Et oui c'était un beau jour et oui nous avons célébré et oui nous avons dansé et fait l'amour jusqu'à ce que nous tombions de sommeil. C'était très bon de revenir à une vie paisible et normale.

Un beau jour j'ai reçu une lettre intriguante venant du pénitencier. Elle était de Bernard Sinclair qui lui me demandait de lui rendre visite. Au début j'ai pensé l'ignorer, mais je me suis ressaisi et je me suis demandé si c'était moi qui étais derrière les barreaux, est-ce que je voudrais des visiteurs de temps en temps? J'ai connu ma réponse le jour où j'y suis allé.

"Je ne t'attendais plus." "Je me suis longtemps demandé qu'est-ce que je pourrais bien avoir à faire avec toi. Je me disais que je n'avais pas besoin de toi. Puis, je me suis dis que ton frère était au loin et que tu n'avais peut-être aucun visiteur. Alors me voilà. Qu'est-ce que tu me veux?" "Premièrement, je voulais te remercier pour avoir sauvé les fesses de mon idiot de frère. Il n'a sûrement pas mérité ta compassion. Puis j'ai pris du temps, mais j'ai réalisé que tu aurais pu me démolir aussi physiquement le soir du club. J'étais complètement à ta merci et tu ne m'as pas frappé et ça même si je l'avais mérité. Puis j'ai aussi réfléchi à ce que tu as fait à mon procès où tu as préféré ne pas témoigner, ce qui aurait pu être beaucoup plus inculpant pour moi. Et finalement je suis très intrigué par la façon dont tu as converti un juge et presque la moitié des personnes qui y assistaient comme tu l'as fait. Il y a quelque chose de pas naturel dans ta façon d'être. J'aimerais que tu me dises ce que c'est."

"S'il y a quelque chose de spécial, je dirais que je marche avec Dieu et que Dieu est avec moi." "C'est exactement ce que j'avais pensé. Tu sais, quand on est dans un endroit comme ici on a beaucoup de temps pour penser et pour réfléchir sur notre vie. Moi aussi je voudrais marcher avec Dieu et quand je serai sorti d'ici, je veux que tu me montre comment faire." "Pourquoi attendre que tu sois sorti d'ici?" "Mais il n'y a que des criminels ici et la plupart d'eux sont très endurcis." "Il n'y a pas de meilleur endroit au monde qu'ici pour commencer un ministère." "Tu veux rire?" "Pas du tout !" "Mais qu'est-ce que je peux faire ici?" "Soit une bénédiction pour tous ceux qui t'entourent et tu recevras des bénédictions de

Dieu à profusions, mais il faut que tu ne t'attendes à rien. Je reviendrai te voir et je t'emmènerai un livre que j'aime beaucoup qui est intitulé; Le Vrai Visage De L'Antéchrist. Il t'apprendra à peu près tout ce que tu as besoin de savoir." "Le temps de visite est presque terminé et j'avais tant d'autres questions pour toi." "T'en fais pas, je reviendrai."

'Terminé, les visites sont terminées.' Je reviendrai." "Merci d'être venu."

Si je m'attendais à un tel événement. C'est vrai qu'il est écrit que les voies de Dieu sont impénétrables. J'y suis retourné une semaine plus tard et je lui ai emmené une bible et le livre dont je lui avais mentionné. IL y avait là dans ce livre de quoi lui causer la mort pour les connaissances qu'il acquerra, mais de ça aussi je l'ai prévenu.

Chapitre 5

Les travaux allaient toujours bon train et un soir alors que nous venions juste de terminer notre repas j'ai emmené sur le tapis la question suivante, question de savoir si tout allait bien pour chacun de nous.

"Si un de nous avait un reproche à faire à l'un ou à l'autre, petit ou plus gros, que serait-il?" "Penses-tu que c'est vraiment nécessaire?" "Oui, je pense que c'est mieux que de refouler ou même d'accumuler, même inconsciemment. J'ai eu une amie qui a refoulé pendant six mois quelque chose qu'elle détestait et quand elle me l'a finalement avoué, les deux bras m'ont tombé et mes espoirs d'une vie heureuse avec elle aussi. Je n'ai pas pu accepter qu'elle puisse prétendre d'être heureuse alors que tout ce temps elle était très malheureuse.

C'était du mensonge, de la trahison, ça ne peut pas être bon pour le couple, pour la relation. Je n'ai plus jamais pu lui faire confiance et je l'ai quitté, alors oui je pense que c'est nécessaire. Moi, je n'ai qu'un seul petit reproche à vous faire à toutes les deux, mais il peut quand même avoir des conséquences très graves." "Ah oui, qu'est-ce que c'est?" "C'est votre manque de prudence. À votre tour maintenant !" "Jacques, nous pensons que tu as été trop dur avec le notaire Tremblai. Après tout c'est nous qui lui avons demandé de garder notre contrat en sa possession." "Vous croyez ça mes chères demoiselles et bien je vais vous dire ce que je vais faire pour vous deux.

Je vais changer le scénario afin de vous aider à mieux comprendre mon point de vue. Vous permettez je l'espère." "Vas-y, nous t'écoutons." "Voilà où nous en sommes. Vous venez juste de recevoir une offre de trois cents milles dollars pour votre condo et votre ménage et vous allez chez le notaire Tremblai pour effectuer la transaction. Voici comment les choses se déroulent.

"Bonjour, est-ce que nous pouvons parler à monsieur Tremblai s'il vous plaît?" "Je suis désolé mesdames, mais m. Tremblai est décédé, il y a maintenant un peu plus de deux mois. Comment puis-je vous aider? Mon nom est Alphonse Gagnon et c'est moi qui a hérité de tous les dossiers du défunt monsieur Tremblai. D'ailleurs la moitié de ces dossiers seront détruits par la couronne sous peu. À qui ai-je l'honneur?" "Je suis Jeannine St-Louis et voici Danielle Brière." "Ah, c'est vous ça. Nous étions juste sur le point de vous remettre un avis d'expulsion, parce que l'appartement a été vendu récemment et le nouveau propriétaire veux prendre possession de l'endroit immédiatement. Normalement vous auriez trente jours de notice, mais dans le cas d'une vente, vous n'avez que deux jours pour évacuer les lieux. Vous êtes donc priés de prendre vos effets personnels et voici la liste des articles que vous ne pouvez pas toucher, si vous ne voulez pas de problème avec la justice, bien sûr."

"Mais tout ça, c'est à nous." "Vous avez votre contrat?" "Vous savez très bien où est notre contrat espèce de salaud." "Ah les gros mots ! Oui, j'ai le contrat ici de cet appartement qui est bien au nom de Maître Alphonse Gagnon, qui a été acquis en 1999 pour la somme de cent quarante-neuf milles dollars. Si vous avez besoin de références je peux vous en fournir de très bonnes, puisque votre loyer a toujours été payé à temps et on ne peut vous reprocher quoi que ce soit. Je tiens d'ailleurs à vous remercier personnellement." "Ça ne finira pas comme ça, tu entendras parler de nous et de notre avocat, maudit baveux." "Moi, je pense que c'est vous mes demoiselles qui en bavez présentement."

"Votre prochain rendez-vous est avec un avocat et un dont vous ne connaissez pas du tout, puisque celui en qui vous faisiez tant confiance est désormais disparu malheureusement. Vous lui exposez tous les faits selon votre connaissance et il réagit."

'C'est une cause qui sera très longue et très dispendieuse. C'est toujours le cas quand un homme de lois est impliqué. Il me faudra un dépôt de dix milles dollars pour commencer et il n'y a rien de garanti.'

Maintenant cet avocat sait déjà que c'est une cause perdue d'avance, mais il a devant lui deux jeunes femmes innocentes et ignorantes qui ne connaissent rien ou presque aux lois, mais il faut quand même qu'il gagne sa vie.

Six mois plus tard vous avez déboursé cinquante milles dollars et vous en êtes toujours au même point, c'est-à-dire au point mort. Entre temps les travaux de notre maison de rêve ont été suspendus à cause du manque d'argent. Votre amoureux, le pauvre homme s'est débattu comme il a pu, mais il a quand même manqué d'argent. Ce n'était pas un projet qu'il a pu assumer tout seul. Il a bien hypothéqué sa maison au maximum dont la vente est toujours conditionnelle, puisqu'il lui faut abriter ses deux amours. Maintenant il est acculé à la faillite et il risque de tout perdre, lui qui avait fait confiance à ses deux partenaires qui elles ne peuvent plus rien pour l'aider. Elles sont désespérées, mais cela n'arrange rien du tout. Tous leurs beaux rêves sont à l'eau.

Jacques avait tant confiance qu'il a tout investi dans ses projets. Il avait déjà acheté les deux propriétés voisines, car il avait vu grand. Il y avait vu là un potentiel énorme et la tranquillité pour lui et sa grande famille lui tient très à cœur. " "Arrêtes Jacques, c'en est assez. Arrêtes ce scénario avant de nous quitter." "Pensez-vous toujours que j'ai été trop dur avec monsieur Tremblai?" "Non, mais tu es très dur avec nous." "Ne pleurez pas, mais j'espère que c'est une leçon dont vous vous souviendrez pour le reste de votre vie, car moi je ne serai peut-être pas toujours là." "Penses-tu nous quitter un jour?" "Certainement pas volontairement, mais tout peut arriver.

Jésus n'avait que trente-trois ans lorsque Dieu est venu le chercher." "Arrêtes, tu nous fais peur." "Cela dit, je dois vous quitter pour quelques jours." "Nous ne pouvons pas venir avec toi?" "Non, j'ai besoin d'être seul un peu pour me recueillir." "Où vas-tu?" "Je vais à Winnipeg." "Que vas-tu faire par-là? Tu n'y connais personne." "Non, mais on expose ces jours-ci les poèmes de Louis Riel vieux de cent vingt-cinq ans ou plus et je pense y trouver là que Louis était Riellement un prophète et je veux en avoir le cœur net." "Mais j'aimerais tant t'accompagner." "Je suis désolé Danielle, peut-être une autre fois, mais pas ce coup-ci." "J'ai l'impression que tu nous quittes." "Ne dis pas de sottises, veux-tu? Je ne vous quitterai jamais voyons, vous devez comprendre cependant qu'un peu de repos ne peut que m'être bénéfique." "Tu as encore raison Jacques et tu l'as grandement mérité. Moi je vais en profiter pour visiter mes parents."

"Moi, je resterai seule ici à me morfondre." "Pauvre Jeannine, tu n'as qu'à venir avec moi, mes parents seront heureux de te recevoir aussi, puis nous avons tellement de choses à leur raconter. Il faudra prendre des photos de la maison, ils n'en croiront pas leurs yeux."

"Quand pars-tu Jacques?" "Je partirai vendredi matin et je serai de retour dimanche au soir." "Alors il faut profiter pleinement des jours qu'il nous reste." "Là je vous reconnais, il faut toujours profiter du temps que nous passons ensemble, du temps qu'il nous reste.

Je suis désolé de vous avoir un peu bousculé tout à l'heure, mais je veux que vous sachiez qu'il y a des rats à deux pattes et petites queux dans le monde et qu'ils sont beaucoup plus dangereux que ceux à quatre pattes et à longues queux. En tous cas, ils causent de bien plus grands dommages." "Nous avons compris Jacques." "Avez-vous d'autres reproches à me faire?" "Laisses dont faire, nous te le dirons au fur et à mesure si ça ne te fait rien." "C'est ce qu'il faut.

Bon, si nous dansions pour nous changer les idées." "Très bonne idée ! C'est une samba." "Non, c'est un meringué." "Tu as raison Jacques."

"Aie, moi aussi je veux danser." "Viens Jeannine, j'aime faire la mambo avec toi." "Et que je suis heureuse que tu aies investi dans tes jambes." "C'est un très bon investissent, puisque nous allons en profiter pour le reste de notre vie. Avez-vous pensé à un plancher de danse dans votre sous-sol?" "Tu peux être sûr que s'il nous reste assez d'argent, nous en aurons un chacune de nous." "Je vous ai épargné plus d'argent avec la finition du sous-sol que ça coûtera pour le plancher en plus de vous obtenir cent pieds carrés de plus." "Comment t'as fait ça?" "En évitant ériger un autre mur tout autour. J'ai vu que tu as laissé un espace d'un pied sans isolant à un pied du plancher, veux-tu me dire pourquoi?" "Oui bien sûr, c'est nécessaire pour que le salage ne craque pas d'une part et ça me donne un espace pour passer les fils électriques et les prises de courant, puis à cet endroit on a pas réellement besoin d'isolant." "C'est génial tout ça." "Ça vient juste avec l'expérience." "Changeant de propos, tu ne vas pas aller à Winnipeg en automobile?" "Bien sûr que j'irai avec mon véhicule, je l'aime beaucoup trop pour le laisser derrière." "Mais ça ne te fait rien de nous laisser derrière?" "Oui, mais ce n'est pas pareil." "Non, ce n'est pas pareil, ta voiture s'ennuierait bien trop. Tu ne voulais pas que j'aille chez moi avec la mienne à quatre cent milles d'ici en quatre jours et toi tu veux faire trois milles milles en trois jours." "Oui, mais moi ce n'est pas pareil, je suis un homme." "Si tu y vas en auto, j'y vais avec toi, tu auras besoin d'un autre chauffeur."

"Moi aussi j'y vais, tu auras besoin d'au moins deux autres chauffeurs." "Vous ne comprenez pas que je vous tire le poil des jambes." "On a du poil aux jambes. Ah toi, t'es pas drôle." "Non, je prends l'avion vendredi matin et j'ai déjà une auto de louée qui m'attend à l'aéroport." "Mais ça coûte cher tout ça." "Non, pas un sou !" "Arrêtes de nous tirer le poil des jambes, ça devient agaçant." "Mais je ne tire rien, vous avez senti quelque chose?" "J'avais tout simplement assez d'air miles d'accumulés." "Ah, c'est donc ça !" "Nous nous allons enrichir les pauvres pétrolières et le pauvre gouvernement tout en visitant la famille." "Soyez prudentes, il y a des tempêtes, même au mois de mai certaines années. Informez-vous des conditions de la météo avant de prendre la route." "Nous le ferons, ne t'inquiètes pas. Sois prudent toi aussi et sois sage !" "Moi être sage, mais les filles, je suis plein de sagesse voyons." "Oui, oui, on le sait. Non, mais sérieusement, tu vas nous manquer beaucoup, c'est la première fois que tu nous quittes et nous n'aimons pas ça tellement." "Ce n'est que pour quelques jours et on s'en sortira plus fort." "Ah, tu dois avoir encore raison." "Oui han, c'est dont plate. Je sais, je déteste toujours avoir raison, mais je ne peux quand même pas me mettre dans le tord pour vous faire plaisir. Puis si un jour j'ai vraiment tort vous penserez que je l'ai fait exprès pour vous faire plaisir. C'est sans issue.

Bon c'est assez, moi je vais me coucher, laquelle me prend dans son lit ce soir?" "C'est moi."

"Non c'est moi." "Je te dis que c'est mon tour." "Moi aussi je te dis que c'est mon tour."

"Voyons, avec laquelle j'ai couché la dernière fois?" "On s'en souvient plus." "Mais vous ne pouvez quand même pas oublier un chose comme ça?" "Toi t'en souviens-tu?" "Attendez un peu que je me rappelle." "Laisses faire le poil des jambes. Ah, ah, ah, viens Danielle."

"Bonne nuit quand même Jeannine." "Bonne nuit Jacques et laisses-moi te serrer très fort et t'embrasser."

"Bonne nuit Danielle !"

"Bonne nuit Jeannine et dors bien pour être en forme demain soir, car ça sera vraiment ton tour." "T'en fais pas je vais lui en donner assez pour les trois jours qu'il sera parti." "Alors je devrais lui en laisser assez pour toi." "C'est gentil, merci."

Le vendredi matin venu j'étais à l'aéroport comme il se doit une heure d'avance. Je n'avais pas beaucoup de bagages, puisque je ne partais que pour quelques jours. Une petite trousse contenant quelques chemises, des sous-vêtements et quelques paires de bas de rechange, une trousse de rasage et une mallette de documents. J'ai eu du mal à passer au détecteur de métal à cause d'une petite imprudence de ma part. J'ai passer une fois et on m'a signalé ma boucle de ceinture, puis quand j'ai passé la deuxième fois on m'a demandé de mettre les bras en l'air.

"Qu'est-ce qu'il y a?" "Gardez les bras en l'air monsieur." "Qu'est-ce qu'il y a? Je ne suis quand même pas un criminel." "Vous êtes armé monsieur?" "Moi armé? Mais vous voulez rire.” “Gardez les bras en l’air monsieur, ne nous mettez pas dans l’obligation de vous tirer.”

Puis, je me suis soudain souvenu que de nos jours les policiers semblent aimer utiliser les pistolets électriques et que beaucoup de personnes en meurent. Je me suis donc calmé et j’ai laissé ces gens faire leur travail, puisque c’était tout à mon avantage de toutes façons. Puis une femme policière s’est approchée prudemment de moi en me tenant en joue comme plusieurs autres policiers et elle a glissé sa main dans la poche droite de mon manteau pour en retirer trois clous de trois pouces et demi.

“Vous devez nous suivre monsieur.” “ Écoutez, ce n’est qu’une erreur innocente, je suis menuisier.” “Qu’est-ce que voulez construire dans l’avion monsieur?” “Je suis allé montrer à ma future épouse les progrès de notre maison en construction dimanche matin dernier et j’ai ramassé ces trois clous qui traînaient par terre et qui risquaient de causer des crevaisons, c’est tout.”

Un autre policier est entré dans la pièce avec des documents en mains.

“Vous êtes monsieur Jacques Prince, président des entreprises Fiab de Trois Rivières?” “Oui monsieur !” “Vous n’avez aucun dossier judiciaire?” “Au contraire monsieur, j’ai un dossier judiciaire, mais il est vierge et sans accro.” “C’est bon, vous pouvez y aller, mais soyez plus prudent à l’avenir.” “Je m’efforcerai de ne jamais oublier ce qui s’est passé ici aujourd’hui monsieur.”

C’est sûr que c’était une erreur innocente, mais c’est une erreur qui aurait pu très mal tourner. Le reste du voyage a été plutôt agréable, mais il avait plutôt mal commencé. J’ai réussi à lire un bon nombre des poèmes de Louis Riel, mais je n’ai pas réussi à obtenir l’indice que je cherchais sauf peut-être celui où il mentionne ne pas avoir peur de mourir, lui qui était encore jeune et avait une femme et des jeunes enfants. Cela démontrait cependant très clairement qu'il était en paix avec Dieu et avec lui-même, un peu comme les juifs devant la mort durant l'holocauste et Etienne avant d'être lapidé par Paul et sa gagne.

J'en ai profité aussi pour aller visiter la maison qu'il avait habité à St Vital, le prénom de mon grand-père et je dois avouer que ça me faisait tout drôle. Il y a eu une sorte de malaise et une sorte de bien-être à la fois. Je ne sais pas trop, mais je n'ai pas pu me l'expliquer. Peut-être que son esprit demeure toujours aux alentours, du moins, c'est ce que je me suis dis. Qui sait?

Le dimanche au soir à huit heures j'étais de retour chez moi. J'ai trouvé la maison très vide, puisque mes charmantes épouses n'étaient pas encore revenues de leur voyage. Les parents de Danielle ne demeurent qu'à quelques cents milles, mais je ne suis pas sans savoir que tout peut arriver sur la route. Néanmoins, il était encore trop tôt pour commencer à m'inquiéter. C'était cependant un peu différent lorsqu'elles n'étaient pas encore entrées passé minuit. J'ai donc pris la décision d'appeler monsieur Brière même à une heure tardive pour en savoir un peu plus sur leures activités. Il m'a tout simplement rassuré en me disant qu'elles avaient retardé leur départ et qu'elles devraient être entrées aux alentours d'une heure et demie. Je l'ai remercié tout en m'excusant de l'avoir réveillé si tard dans la nuit.

Très bien je me suis dis, il est temps de préparer leur retour proprement. J'ai préparé la table et j'ai sorti les chandelles. J'ai aussi préparé un petit gueuleton et j'ai mis devant leur assiette respective un petit présent dont je me suis procuré pour elles à Winnipeg. J'ai éteint les lumières et je suis allé m'étendre en les attendant.

Aussitôt que j'ai entendu leur auto s'approcher je suis allé allumer les chandelles et je suis retourné m'étendre.

"Ne fais pas de bruit Jeannine, il dort sûrement et tu sais qu'il aime son sommeil." "Il travaille tellement fort et c'est vrai que nous l'empêchons souvent de dormir." "Aie, regardes, il nous a emmené quelque chose."

Sans faire de bruit je me suis levé enfin de les observer en retrait.

"Crois-tu que nous devrions les ouvrir?" "Oui, il y a mis notre nom." "Ça ne fait pas longtemps qu'il dort, les chandelles sont à peine fondues." "Vas-y la première Jeannine, ça ressemble à une bague de diamant." "Penses-tu vraiment?" "Ouvres-le voyons, tu n'es pas curieuse? Tiens prends ce couteau pour couper le ruban gommé." "C'est fou, mais j'ai un peu peur." "Ne fais pas la folle voyons, il n'y a rien de mauvais qui vient de lui." "Oh, oh, oh !

Jeannine s'est mise à pleurer à chaudes l'armes et j'ai rapidement sorti de mon coin.

"Je ne t'avais jamais officiellement demandé de devenir ma femme et j'ai pensé qu'il en était grand temps. Que réponds-tu?" "Oui, oui, oui, oui, oui, oui ! Je t'aime tellement, je serai pour toi une épouse parfaite." "Mais tu l'es déjà ma chérie." "Ça dû te coûter une fortune? Ça tout l'air d'être du diamant?" "Ce n'est pas poli de demander le prix des cadeaux, mais ils te vont à merveille et ne poses plus de question."

"Toi Danielle, tu n'es pas curieuse?" "Je veux juste féliciter Jeannine avant d'ouvrir le mien. Viens ici toi, je suis si heureuse que tu sois mon amie."

"Et toi Jacques, tu ne cesseras donc jamais de nous surprendre?" "Allez, vas ouvrir le tien maintenant, moi j'ai hâte de voir ta réaction." "C'est une blouse, oh qu'elle est belle. Merci mon chéri, elle est superbe. Viens que je t'embrasse." "Danielle j'aimerais que tu l'essaies sur-le-champ." "Oh, ça peut attendre à demain." "S'il te plaît Danielle, essaies-la, veux-tu?" "Il est tard Jacques, je suis fatiguée et ça peut attendre à demain." "Je vais t'aider, enlève ton chandail." "Jacques, s'il te plaît." "Cela ne prendra qu'une minute, même pas. Je veux voir comment elle te va." "OK, tu es tannant quand tu veux." "Elle te va à merveille." "Mais il y a quelque chose qui me griffe là dedans." "Je me demande bien ce que ça peut être." "Enlèves là et regardes." "Ça doit être des épingles pour tenir les plis. Jacques, pourquoi fais-tu des choses pareilles?" "Parce que je t'aime de tout mon cœur, mon amour."

C'est ce que je lui ai dit en me jetant à genoux devant elle. J'avais caché à l'intérieur de cette blouse le collier de diamants, la bague de fiançailles ainsi qu'un bracelet qui faisait bien concurrence au collier.

"Voudrais-tu m'épouser le plus tôt possible, ma chérie?" "Je vais t'épouser ce soir et demain et chaque fois que ça sera mon tour, mon amour."

"Aie, moi aussi !"

"J'espère que tu n'as pas cru que j'en demanderais une en mariage et pas l'autre?" "Non, puisque tu m'as ni plus ni moins demandé en mariage le soir qu'on s'est rencontré." "Ah oui !" "Ne me fais plus jamais un coup pareil." "N'aies pas peur, je n'ai pas l'intention de vous demander en mariage une autre fois. Allons au lit et épouses-moi."

"Bonne nuit Jeannine." "Bonne nuit vous deux."

"Comment a été ton voyage?" "Bien, mais on parlera de ça demain si tu permets Danielle, parce que là, j'ai besoin d'une épouse affectueuse plutôt qu'une questionneuse." "Viens, laisses-moi t'aimer !"

Il était une heure de l'après midi avant que j'aie le goût d'aller au travail. Heureusement Raoul savait déjà qu'il se pouvait très bien que je puisse arriver tard.

Quoi qu'il en soit, la toiture était presque terminée et nous étions prêt à la recouvrir et à installer les portes et fenêtres. Il était certain que ma petite intervention du début avait porté fruit, puisque nous étions en avance de deux semaines sur nos prédictions.

Il y avait deux ou trois choses dont j'avais une hâte folle de commencer. La principale était bien sûr mon mariage avec Danielle et pour ça tout ce que nous attendions c'était que la maison soit terminée. Puis, je mourrais d'envie d'embarquer sur ma pépine et de commencer le défrichage surtout le repoussé qui entravait le chemin tout autour de la propriété. Le troisième projet immédiat était l'élevage que j'anticipais. Je n'y étais pas obligé, mais je tenais quand même à en parler avec mes deux épouses.

"Les filles j'ai besoin de vous parler ce soir de mon nouveau projet." "Dis-nous de quoi s'agit-il?" "Pour commencer il faut que je vous dise que la maison sera prête à la datte prévue et même peut-être un peu plus tôt." "Ça veut dire que nous aurons assez d'argent?" "Ça veut dire même plus, ça veut dire que vous n'aurez pas à utiliser l'argent que vous avez emprunté. Vous pouvez donc aller choisir vos meubles quand le cœur vous le dira." "Tu es sûr de ça?" "J'en suis tout à fait sûr.

Maintenant je voudrais vous parler de mon projet d'élevage dont je vous ai déjà mentionné." "Tu ne nous as jamais dit ce que tu voulais faire de l'élevage." "Non, c'était en quelque sorte mon petit secret." "Tu parles bien de l'élevage d'animaux, n'est ce pas?" "Bien sûr que je veux élever une famille ou deux aussi, mais ici maintenant je parle d'élever et de dresser des chiens." "Des chiens, mais quelle sorte de chiens?" "Je veux des Mutesheps." "Quelle sorte de chiens que c'est ça? Je n'ai jamais entendu parler de cette race ni même entendu ce mot-là." "C'est parce qu'ils n'existent que depuis très peu de temps. C'est un mélange de malamute et de shepherd, berger allemand. J'ai un ami dans l'Ouest qui a créé la race. Je l'ai rencontré, il y a de ça quelques années. Il a eu ses problèmes avec la SPCA de Kelowna en Colombie-britannique et j'ai été très intrigué à propos d'une phrase qu'il a dit aux journalistes et que j'ai eu la chance de lire." "Qu'elle était cette phrase qui a pu te toucher à ce point?" "Il a dit; 'Quand on est persécuté dans une ville il faut fuir dans une autre, moi je suis persécuté par la province, il me faut donc fuir dans une autre.'" "Mais c'est normal qu'on veuille fuir la persécution, il n'y a rien d'étrange là-dedans. Qu'est-ce qui t'a motivé à vouloir le rencontrer?" "C'est un conseil qui nous vient de Jésus et il n'y a pas grand monde qui suit ses conseils à ma connaissance. C'est l'indice qui m'a dit que cet homme était un disciple de Jésus. J'ai appris beaucoup de choses de lui. Je dirais même que c'est lui qui m'a mis sur la piste de l'Antéchrist. Il a fait une chanson sur la SPCA et sur ses chiens. De temps à autres je vais sur son site pour l'écouter, elle me touche à chaque fois." "C'est quoi son adresse?" "C'est le; www.hubcap.bc.ca. Il possède aussi la plus grande collection de caps de roue au Canada." "Très intéressant, mais pourquoi ses chiens?" "Ils ont quelque chose de spécial. Tu peux les voir aussi sur son site. Tu peux y lire une partie de son livre aussi. Il me ressemble beaucoup et c'est probablement pourquoi il m'intéresse. Mais revenons à nos moutons ou à nos chiens. Ce n'est pas tout, je veux élever aussi du cochon et du lièvre." "Du cochon, mais ça va puer sans bon sens." "Pas si je les mets à l'endroit dont j'ai choisi." "Mais pourquoi des cochons, tu n'en manges même pas?" "Mais tu sais pourquoi je n'en mange pas?" "Oui, tu nous as dit que tu penses que la viande de porc peut causer le cancer." "Et pour quelle raison que je vous ai dit cela?" "Parce que Dieu l'a prohibé à ses enfants.

Pourquoi veux-tu en élever d'abord?" "Pour prouver au monde que ma théorie est la bonne." "Ne nous dis pas que tu vas nous donner le cancer pour prouver ton point." "Tu n'es pas bien toi, je veux nourrir mes chiens avec du porc et du lièvre. Oui, je vais aussi élever du lièvre et faire une nourriture pour chiens et pour chats avec du porc et du lièvre.

Les deux viandes sont défendues par Dieu et je crois sincèrement que Dieu avait une très bonne raison pour le faire. Vous voyez nous savons aujourd'hui que le cancer est causé par des parasites et nous savons aussi que le porc en est plein. Je ne sais pas si le lièvre contient des parasites aussi, mais je sais que Dieu l'a défendu et ça me suffit. Des parasites, vous savez ce que c'est?" "Je pense oui, ce sont des petits vers." "Tu as raison et des vers que tu les fasses cuir ou pas, c'est toujours de la vermine. Connaissez-vous le surnom du cochon?" "Pas que je sache !" "On l'a surnommé le verrat et oui mesdames, du ver et du rat. Maintenant nous savons que le porc est très gras et que le lièvre est très maigre, ce qui me donnera un bon mélange pour faire ma nourriture à chien et en plus elle sera toute naturelle. Si je me trompe, je n'en serai pas plus mal, puisque j'aurai créé une bonne industrie et les chiens et les chats s'en porteront que mieux et si j'ai raison j'aurai la preuve nécessaire pour alerter la population mondiale." "Où as-tu trouver ça dans la bible?" "Dans Ésaïe 65, 4 et 66, 17. C'est très bien illustré aussi dans lévitique 11 de 6 à 8; 'Vous ne mangerez pas le lièvre qui rumine, mais qui n'a pas la corne fendue, vous le regarderez comme impure. Vous ne mangerez pas le porc qui a la corne fendue et le pied fourchu, mais qui ne rumine pas; vous le regarderez comme impure. Vous ne mangerez pas de leur chair et vous ne toucherez pas à leurs corps morts, vous les regarderez comme impures.'

Tu sais que je ne peux même pas trouver des saucisses au bœuf en magasin sans qu'elles soient enveloppées dans de la peau de cochon et il me faut aller à beaucoup de restaurants avant de pouvoir en trouver un où ils servent de la saucisse au bœuf ou du bacon à la dinde avec mes œufs. Ce n'est pas trop invitant pour les enfants de Dieu et surtout pas pour les Juifs de notre pays. Je suis heureux d'avoir pu finalement trouver du bacon à la dinde au magasin. J'ai souvent donné mon bacon à mon chien." "La seule chose qui m'ennuie c'est la senteur de la merde de cochon." "Tu ne sentiras rien du tout ou presque jamais à moins que tu viennes dans la porcherie." "Comment feras-tu?" "J'ai acheté les deux propriétés, une de chaque côté et vous le savez le vent souffle presque toujours du Nord au Sud et de l'Ouest à l'Est et en plus j'aurai une porcherie très bien entretenue. Et si je n'arrive pas à exterminer la senteur complètement, alors je déménagerai les cochons ailleurs." "Alors nous ne risquons rien du tout." "Ce n'est peut-être pas tout à fait le cas." "Que veux-tu dire?" "Et bien, c'est un projet d'une grande envergure et j'espérais que vous pourriez me prêtez l'argent que vous avez emprunté de la banque. Je pourrais vous verser un intérêt d'environ dix pour cent." "Je pense avoir une meilleure idée." "Si elle est meilleure, je veux bien la considérer." "Que dirais-tu si j'investissais cet argent dans ton entreprise?" "Je dirais que c'est superbe, mais es-tu sûre que tu veux faire ça?" "Si toi tu veux investir dans cette affaire, c'est que ça doit être bon et bien oui je veux investir avec toi."

"Moi aussi, prenez-moi avec vous et je me foute si je perds tout." "Et bien si je m'entendais à ça. Ne crains rien tu ne perdras rien Jeannine, ça fait longtemps que je mijote ce projet. Combien voulez-vous mettre dans cette entreprise?" "Moi, je mets tout le montant du prêt, les cent milles au complet." "Et moi aussi !" "Alors je vous donnerai chacune vingt-quatre pour cent des actions." "Si tu penses que c'est juste nous sommes d'accords." "Ce n'est pas tout, je ferai avec la fourrure du lièvre des mentaux, des chaussettes, des mitaines, des chandails, des couvre-pieds et surtout des sacs de couchage. La fourrure du lièvre est l'une sinon la plus thermique de toutes. Comme de raison, nous aurons une tannerie, mais celle dont on ne se tanne pas. J'ai besoin d'argent surtout au début pour construire un abattoir et la tannerie ainsi que la porcherie et aussi pour acheter la clôture qui doit être deux pieds dans la terre et monter huit pieds de hauteur pour ne pas perdre les lièvres même en hivers. Ça nous en prend environs quatorze milles pieds de long.

Les broussailles sont très nécessaires pour protéger les nouveau-nés contre les papas qui ne veulent pas de compétition. Tous les tas de branches aussi seront utiles à cet effet. Ils auront l'eau qui leur est nécessaire en été et en hiver ils mangeront de la neige comme tous les autres animaux sauvages du pays. Si je débute avec deux mâles et vingt femelles maintenant nous auront cent milles lièvres dans dix-huit mois ce qui vaudra environs un million de dollars." "T'es pas en train de nous monter un bateau, toi là?" "Si c'en est un, c'en est un mosusse de beau.

Les lièvres attireront les loups, les coyotes et les renards de partout et j'ai l'intention de demander un permis de trappage pour mes terres, ce qui ne devrait pas être trop difficile à obtenir. Cela devrait rapporter un autre vingt à quarante milles par année. J'ai actuellement inventé une cage spéciale pour les piéger." "Ces loups ne seront pas dangereux pour nous et les enfants?" "Non, ils ne pourront pas entrer à cause de la clôture et ils mourront en essayant. Mais de toutes façons, je verrai s'il y a un marché pour les peaux avant tout.

Je m'informerai pour savoir si sa viande est comestible aussi. Si les Japonais peuvent manger du chien, je ne vois pas pourquoi les chiens ne pourraient pas manger du loup. Cependant, il faudra que j'aille chercher les lièvres en Alberta." "Pourquoi aller aussi loin? Il doit y avoir du lièvre par ici." "Il y en a et même beaucoup, mais il est de petite taille, de quatre à cinq livres. J'en ai vu en Alberta qui sont de huit à vingt livres." "Que vas-tu faire à part tout ça?"

"Danielle voyons, tu ne trouves pas que c'est assez? Nous ne le verrons jamais." "Il y a bien d'autres choses, mais ne vous inquiétez pas, j'aime le travail, mais je n'en suis pas un bourreau ni un esclave." "Quoi d'autre as tu l'intention de faire?" "Je veux faire une plantation sur chacune des terres voisines. Si je plante un pin ou un cèdre aujourd'hui dans vingt ans, il vaudra vingt dollars au moins. Cent milles pins seront deux millions et entre temps le bois nous est nécessaire. Ça sera certainement un beau cadeau à faire à nos enfants." "Il n'y a pas à dire, tu penses loin et tu vois loin." "Mais quand as-tu eu le temps de penser à tout ça?" "Je n'ai pas besoin de me creuser la tête, tout me vient dans les rêves.

Si mon père écoutait ma mère il n'aura pas à attendre son chèque de vieillesse pour manger quand il sera à sa retraite. Je ne sais pas si c'est encore possible, mais il y eut un temps où le gouvernement donnait les arbustes et prêtait la planteuse." "Tu n'as jamais pensé à faire de la politique?" "J'y ai pensé, mais j'aime trop ma liberté pour ça, mais j'ai quand même mes idées sur ça. Il me serait impossible de faire de la politique et de faire votre bonheur en même temps, en plus on ne peut pas être un politicien sans être Antéchrist, c'est-à-dire qu'ils sont tous obligés de jurer pour faire parti du gouvernement. Je ne comprends pas pourquoi une promesse solennelle avec les mêmes règles et les mêmes conséquences ne pourrait pas aussi bien faire l'affaire." "C'est vrai ça, oublions la politique, j'aime mieux les cochons et te garder près d'ici.

Que penses-tu d'Obama?" "Je pense qu'il est très intelligent et très diplomate." "Qu'est-ce qui te fait dire ça?" "Quand il est venu au Canada, il l'a pris par la queue.......... de castor." "Que penses-tu du bloc et des péquistes?" "Le nom le dit, ça bloc et ils finiront par causer du grabuge au Québec, c'est inévitable. C'est presqu'une moitié de la population de la province qui veut déplacer l'autre moitié, ça ne peut pas se faire sans anicroches. C'est ce que la séparation ferait. Nous savons tous ce que font des bâtons dans les roues, ça empêche la voiture de rouler rondement. Ces quelques dernières phrases me susciteront beaucoup d'ennemis, mais j'ai déjà plus de la moitié du monde pour ennemi à cause de la parole de Dieu.

Si les choses vont comme je le prévois, nous aurons une boutique de nos articles et de notre nourriture pour chiens dans toutes les grandes villes du Canada et dans plusieurs villes moyennes. Nous ferons comme toutes les grandes chaînes, au lieu de payer de l'impôt nous en ouvrirons d'autres ailleurs et ailleurs encore. Le monde est grand, mais assez parlé pour ce soir, il faut dormir, car dès demain, il faut nous mettre à l'œuvre." "Quand penses-tu commencer tout ça?" "Aussitôt que notre maison sera terminée."

Comme d'habitude je les ai mis au lit à ma façon et le lendemain j'étais sur la couverture de la maison avec les autres ouvriers. Encore là, j'avais réparti le travail à part égale avec les mêmes restrictions pour tous. Je suis arrivé au bout de mon côté alors que Raoul avait à peine recouvert la moitié du sien.

"T'as pas fini ton bord?" "Mais oui j'ai fini." "Es-tu une sorte de magicien ou quelque chose du genre?" "Un magicien n'aurait pas la moitié de ce que tu as fait, mais toi tu te promènes de gauche à droite pendant que moi j'installe des bardeaux. Viens avec moi de l'autre côté de ta couverture et je te montrerai comment faire. Tu te fais quatre lignes de haut en bas à la distance d'un bardeau en plein milieu du toit et tu suis ces lignes et tout le reste sera très droit, puis mets un gars de chaque côté. Mets aussi le paquet de bardeaux à ta portée, comme ça vous arrêterez de vous promener.

Si tu fais ça tu vas me sauver beaucoup d'argent sans travailler plus fort ni plus vite. Si tu as un gaucher et un droitier c'est encore mieux. Moi j'installe sept paquets à l'heure sans efforts. Toi tu en installes trois et tu ne me rapportes pas un sou et même tu me coûtes de l'argent alors que tu es sensé m'en rapporter." "Il n'y a pas à dire, on apprend avec toi." "Oui, tu vas probablement devenir mon compétiteur avant longtemps." "Ce n'est vraiment pas mon intention. Tu sais quand un homme est bien traité et qu'il est heureux, il ne regarde pas ailleurs." "Tant mieux ! Allons-y, couvrons cette maison avant qu'il ne pleuve."

D'une chose à l'autre nous étions rendus aux vacances d'été pour les deux dernières semaines de juillet et la maison était tout près d'être complétée. Il ne restait vraiment que quelques détails minimes.

Entre temps j'avais rendu visite à Bernard qui est devenu un vrai disciple à l'intérieur de la prison. Je n'en croyais pas mes oreilles lorsqu'il m'a appris que la moitié de la population du pénitencier était devenue ses fans et que les gardiens pouvaient pour la première fois de leur histoire prendre leur collation dans l'après-midi. Les plus rebelles n'aimaient pas ça, mais n'osaient quand même pas s'opposer aux autres. Un autre qui n'aimait pas ça tellement c'est l'aumônier qui n'y comprenait rien. Les résultats furent de bonnes économies pour l'état, puisqu'un bon nombre de prisonniers furent libérés avant termes pour bonne conduite. Je me suis demandé en riant dans ma barbe si je ne devais pas envoyer une facture au gouvernement. J'étais bien heureux de cette nouvelle et j'étais très content de le voir heureux aussi.

Je lui ai rappelé qu'il ne devait pas oublier son frère dans sa course aux conquêtes, qu'il était probablement sa seule chance. Il m'a fait une drôle de figure, mais il a quand même admis que c'était fort possible. Il devait savoir à ce moment-là qu'un prophète ou un disciple n'était pas bienvenu dans sa propre famille.

Puis le grand jour est arrivé enfin. Le logement de Danielle était complètement terminé et c'est là que nous avons célébré notre union. Il n'y avait que nos familles immédiates et quelques amis sûrs d'invités. Un juge de paix moyennant quelques frais c'était déplacé pour venir célébrer ce grand jour. Jeannine et Danielle avaient synchronisé leurs vacances à celles des travailleurs de la construction pour nous permettre de partir tous ensemble pour un voyage bien mérité de tous. Danielle non pas qu'elle le veuille n'a certainement pas pu dissimuler sa grossesse, mais Dieu que je la trouve belle quand elle est enceinte. C'est vrai qu'elle portait une partie de moi-même.

Mon tout dernier employé, ce jeune apprenti ne voyait pas les vacances obligatoires de l'été d'un très bon œil, puisqu'il n'avait pas assez d'argent pour en profiter pleinement. Je lui ai donc offert du travail pour ces deux semaines qui consiste à couper les petits arbustes de mauvaise qualité qui sont dans le chemin et pour replanter ceux de bonne qualité dans le champ. J'avais passé assez de temps avec lui pour savoir que je pouvais lui faire confiance. Il devait aussi garder notre maison pour le temps de notre absence. Je lui ai bien précisé qu'il pouvait pêcher et se baigner à volonté, mais qu'il ferait bien de nous garder quelques truites et que je ne le payerais pas pour s'amuser.

Danielle avait acheté un tout nouvel ameublement qui faisait l'envie de plusieurs. Jeannine l'avait acheté elle aussi, mais il n'était pas encore délivré pour la simple raison que son côté n'était pas encore tout à fait terminé. Du côté de Danielle même le sous-sol était fini et on a pu faire la réception sur un plancher tout neuf. Les félicitations n'en finissaient plus, non seulement à propos du mariage mais aussi à propos de la maison et c'était passablement flatteur de les entendre.

J'avais fabriqué une petite mise en scène pour que Jeannine se sente également de la cérémonie. C'est elle qui demandait à Danielle et à moi de répéter les paroles qui nous unissaient l'un aux autres. Ça c'est passé comme ceci ;

"Répéter après moi. Moi Jeannine St-Louis, je veux dire Danielle Brière." "Moi Danielle Brière." "Te prends pour époux." "Te prends pour époux." "Jacques Prince ici présent."

"Jacques Prince ici présent." "Pour t'aimer et te chérir." "Pour t'aimer et te chérir." "Toute l'éternité." "Toute l'éternité."

"Moi Jacques Prince." "Moi Jacques Prince." "Te prends Jeannine St-Louis, je veux dire Danielle Brière." "Te prends Jeannine St-Louis, je veux dire Danielle Brière." "Pour t'aimer et te chérir." "Pour t'aimer et te chérir." "Toute l'éternité." "Toute l'éternité."

"Je vous déclare mari et femme. Vous pouvez vous embrasser maintenant et que Dieu soit avec vous."

Ça y était, je les ai marié toutes les deux sans que presque personne ne se doute de rien. Seule Céline avait reconnu l'astuce. Le juge lui-même nous avait déclaré mari et femmes sans trop rechigner. Mes deux épouses étaient convaincues de ma sincérité et au fin fond de moi-même, je savais que je serais leur mari pour le reste de ma vie et même au-delà. J'ai embrassé Danielle comme il se le doit et puis j'ai aussi embrasé Jeannine en la remerciant de son grand dévouement.

J'avais loué un gros motorisé et nous nous sommes dirigés vers les chutes Niagara. J'avais aussi loué un beau bateau couvert sur le lac Erié où nous avons passé la plupart du temps. J'ai fait les calcules et après avoir tout compté la différence avec les hôtels n'était pas tellement grande. L'avantage de cette façon-ci était que tout est à la portée de la main. Nous avons fait un peu de tout, de la pêche, des bains de soleil, de la baignade, de la marche, de la danse, visionner du cinéma, du bateau, du sexe et pour tout avouer, ce sont deux semaines qui ont passé beaucoup trop vite. Mes deux épouses débordaient de bonheur tout comme moi et je n'aurais pas voulu qu'il en soit autrement. Tout était parfait dans le meilleur des mondes. Le tout a pris fin trop tôt à notre goût et nous nous sommes promis de recommencer à tous les ans. Du côté travail cependant il était temps que je revienne. J'avais quand même la responsabilité de mettre du monde au travail et des clients à satisfaire.

Il me fallait aussi commencer sans tarder notre nouveau projet d'élevage qui me tenait très à cœur. Pour ce faire j'ai loué un tranchoir avec lequel j'ai fait une tranchée tout autour de la propriété. J'y ai mis un panneau isolant, panneau qui est découpé pour être remplacé d'une vitre dans les portes de métal de vos maisons. Je peux les avoir à bon marché, puisque la plupart de ceux-ci terminent leur vie au dépotoir. Cependant puisqu'ils sont solides et ils sont faits d'une feuille de métal galvanisée de chaque côté et d'un bon isolant ils sont idéals pour mes besoins. Étant mis en terre à vingt-quatre pouces de profondeur ils empêcheront les lièvres et les chiens de passer de l'autre côté à l'aide d'un tunnel qu'ils pourraient se creuser, puisqu'ils se décourageront bien avant. Cela empêchera les autres prédateurs d'entrer également excepté aux endroits où je veux qu'ils entrent.

Les femmes m'accompagnaient presque tout le temps, puisqu'elles avaient une autre semaine de vacances, il n'y a rien comme la séniorité. IL n'y a rien non plus comme les questions pour être informé et des questions elles en ont pour moi.

Nous avions quatorze cents poteaux à planter, ce qui était le travail de la pépine. Heureusement la terre n'est pas rocheuse et à l'aide de ma grosse machine, j'ai pu enfoncer ces derniers facilement. La terre était planche et ça aussi c'était un avantage certain. Il m'a fallu bien sûr commencer par nettoyer le chemin qui faisait le tour complet. Les arbustes et les branches n'embellissaient pas la propriété, mais ils allaient sûrement sauver des centaines de petits lièvres, sinon des milliers.

J'avais passé assez de temps avec Raoul aussi à ce point-là pour le laisser s'occuper des travaux de la construction, ce qui me libérait beaucoup de temps. Tout allait bon train et voilà que la clôture était érigée aux deux bouts de la terre et du côté Ouest. Le côté Est demanderait beaucoup plus de personnel.

Quand tous les poteaux furent plantés et les panneaux furent mis en terre et toute la clôture étendue et prête à être installer, j'ai rassemblé vingt-cinq personnes additionnelles pour faire une battue afin d'y faire entrer quelques chevreuils et de remonter la clôture en un seul coup. C'était à espérer qu'il y aurait au moins un mâle et une femelle.

J'avais anticipé la possibilité qu'on puisse aussi faire entrer quelques prédateurs, mais je savais que je pouvais m'en occuper. Aucun de ses animaux sauvages ne pouvait s'approcher plus qu'à quatre cents pieds de notre maison.

À même la clôture j'ai installé des centaines de cercles de plastic solide d'un diamètre de huit pouces afin de piéger les loups et les renards ainsi que les coyotes qui s'y aventureront. Il y en a à deux pieds de terre pour l'été et d'autres à quatre pieds pour l'hiver. Bien sûr que j'ai installé quelque chose pour empêcher le lièvre de sortir. Tout était finalement prêt à recevoir le gibier. J'ai invité tout le monde pour un gueuleton qui a été à ma connaissance apprécié de tous.

Danielle était sur le point d'accoucher à tout moment maintenant. Elle était déjà en congé de maternité depuis un mois et c'est ce qui retardait mon voyage en Alberta, car je voulais être présent pour la venue de notre enfant. J'aurais bien voulu pouvoir prendre un congé de paternité moi-même, mais travail oblige, je ne pouvais tout simplement pas me le permettre. Puis Samuel est venu dans ce monde en pleurant comme la plupart des bébés qui sans aucun doute se trouvaient très bien à l'intérieur de sa mère. Je peux certainement comprendre cela.

C'était un très grand jour pour nous trois, mais je n'ai quand même pas pu m'empêcher de penser que nous devrions avoir nos enfants à l'âge de notre retraite, lorsque nous avons tout le temps au monde pour s'occuper de la mère et du bébé. J'ai quand même passé tous mes moments de répit près de Danielle et Jeannine fit de même. C'est sûr que Danielle a été bien entourée, mais j'aurais tellement voulu pouvoir faire plus.

L'accouchement de Jeannine n'était pas très loin non plus. Par chance Danielle aura le temps de se remettre à temps pour pouvoir l'assister au moment venu.

Il me fallait maintenant aller chercher le lièvre en Alberta et ça aussi était un défi de taille. Je n'étais pas inquiet de la manière de les prendre, mais plutôt de la façon de les emmener vivant jusqu'à bon port. J'avais aussi anticipé rencontrer mon ami, l'éleveur de Mutesheps dans l'intention de m'en procurer quelques-uns. J'ai été ravi que tout ce passe bien et je n'ai perdu qu'un seul lièvre sur trente. La cueillette a été plutôt favorable. J'ai entendu dire qu'il y a plus de lièvres à Calgary que de personnes, une ville de huit cent milles habitants.

J'ai pris l'avion pour y aller et j'ai louer un camion de déménagement pour revenir. J'ai acheté sur place les trente cages et ce qui m'était nécessaire pour les ramener au Québec. J'ai aussi ramené six petits chiots de quelques mois et de familles différentes ainsi qu'un couple d'adultes. Je savais déjà qu'ils étaient des chiens de traîne. Si mes fils et mes filles aiment les chiens comme je les aime, ils auront une enfance des plus joyeuses. Moi, je n'ai jamais oublié ceux que j'ai connu étant jeune. En fait si ce n'eut été de mes chiens dans mon enfance, je n'aurais simplement pas eu d'enfance, car mon père me mettait au travail constamment.

Il y a une chose qui m'intrigue toujours, c'est le fait que lorsque mon père jouait du violon il fallait mettre le chien, mon beaver dehors, parce qu'il ne cessait pas de hurler, tandis que moi j'en ai eu une, ma petite défunte Princesse qui se couchait sur mon pied et se laissait bercer au son de mon violon. Ce n'est pas non plus parce que je joue mieux que mon père, parce que lui est un violoneux hors paire, hors père. Je l'ai surnommé; l'homme à l'archet magique.

Un jour en marchant une des deux terres voisines dont je m'étais procurées à très bon prix, celle du côté Est, j'ai fait une découverte assez spéciale. Il y avait des milliers de petits arbustes qui semblaient manquer d'espace pour bien s'épanouir. C'est à ce moment que j'ai décidé de tous les récupérer sur les trois terres et de les replanter en belle ligne droite sur la terre du coté Est. J'en ai fait des sections bien séparées. Il y avait du pin, du sapin, de la prûche, un peu de cèdre, du tremble, du bouleau qui sera très apprécié pour le bois de chauffage, du chaîne, de l'épinette, une douzaine d'érables et je me suis procuré une vingtaine de pommiers que j'ai planté derrière notre maison. Moi je raffole de la Macintosh. Il va sans dire que je vais surveiller de très près la venue de leurs petits, pour les faire fructifier.

La cueillette de chevreuil n'a pas été trop mal non plus, puisque j'ai cru en compter sept, dont deux bucks, trois femelles et deux petits. Ça valait notre effort. Il me fallait envisager aussi d'agrandir l'enclôt pour pouvoir y mettre plus de lièvres afin de m'assurer qu'ils aient assez de nourriture. C'est là que j'ai décidé de planter une grande quantité de trèfle, ce qui consisterait à épargner une grande quantité d'arbres.

Mon apprenti menuisier est devenu un agriculteur dépareillé et il n'y a plus moyen de le faire changer d'avis. Il est devenu par compte mon homme à tout faire et c'est pourquoi lorsqu'il a suggéré demeurer sur la propriété, je n'ai pas hésité un seul instant. Je lui ai dit; 'Michel Larivière si tu es vraiment sérieux tu vas m'aider à tes frais et nous allons te construire un chalet tout près de la rivière. Il ne faut cependant pas qu'il soit trop près de la plage, parce que j'aime quand même avoir mon intimité, surtout lorsque je me baigne avec mes deux épouses. D'ailleurs, je planifie en bâtir un autre pour nous près de la plage. Il était d'accord et il m'a promis l'indiscrétion.

Puis est venu le temps de recruter les couturières et des employés pour l'abattoir. Je cherchais aussi un expert en tannerie, un épidermiste, un cuisinier, un expert en conserve, un publiciste et un commis voyageur qui s'occuperait entre autre de trouver des locaux à la grandeur de pays. Après de sérieuses discutions entre nous, j'en suis venu à la conclusion que la meilleure méthode serait une nourriture sous forme de biscuits pour chiens qui seraient super nourrissants et pour les chats une viande en canne. Dans les deux cas la nourriture se conserverait très longtemps. Cela est très important pour nous donner le temps de la mise en marché.

Lorsque quelqu'un commence dans ce domaine, il ne sait pas trop a quoi s'attendre. La nourriture peut demeurer longtemps sur les tablettes même si elle était la meilleure au monde. Il serait inscrit sur les contenants; 'Cette nourriture est fabriquée spécialement pour chiens et chats, elle n'est pas impropre à la consommation humaine, mais elle peut causer le cancer.'

Les femmes ont pensé que ça pourrait apeurer la plupart d'une clientèle possible, mais j'ai argumenté autrement. Ça fait plusieurs années que le même avertissement est sur les paquets de cigarettes et le monde fume toujours, puis le cancer du poumon est toujours à la hausse. Quand on est poigné, on est poigné. Elles ont admis que j'avais probablement raison et de cette façon notre compagnie est protégée.

"En passant les filles, j'ai pris sur les nouvelles hier que le cancer était beaucoup moins élevé aux Indes qu'en Amérique. Je me demande s'ils mangent moins de porc, de vermine que nous." "Moi, je m'inquiète pour ces pauvres chats et chiens que tu vas peut-être rendre très malade." "Et moi je m'inquiète pour la population humaine mondiale qui peut-être meurt assassinées à petites bouchées mortelles.

Selon moi le cancer est une bestiole qui se nourrit de ce qu'elle a besoin dans le corps pour grandir. Par exemple le cancer du poumon se nourrit de la fumée qu'on lui donne quand on fume et il grandit au fur et à mesure qu'on fume. J'ai connu un homme qui en avait que pour six mois à vivre selon son médecin, mais il a étiré sa vie de sept années en arrêtant de fumer. Le pire est que les enfants héritent du cancer de leurs parents. Ce n'est pas vraiment la sorte d'héritage que je veux laisser aux miens. Si tous ceux qui fument savaient que non seulement ils se tuent en fumant, mais qu'ils tuent aussi leur progéniture, peut-être bien que plusieurs d'entre eux cesseraient de fumer. On dépense des milliards de dollars à la recherche de cure pour le cancer et moi je pense que la réponse est dans la parole de Dieu. Je devine qu'ils ont cherché partout sauf là."

Il me fallait aussi à peu près mille cochons pour en avoir assez pour un mélange balancé des deux viandes. C'est pourquoi j'ai emménagé une importante partie d'une terre en un enclôt pour eux. Ils allaient labourer et engraisser ce morceau de terre pour la suite des choses. Il me tenait à cœur également de nourrir quelques-uns des pauvres dans le monde qui mourraient de faim. J'ai donc entrepris de planter des légumes en grande quantité et de les faire délivrer directement aux nécessiteux. Tout pousse très bien dans une terre engraissée par la merde de cochons.

Nous ne pouvons pas si nous sommes des enfants de Dieu empocher les dollars par millions et ignorer la misère des autres. Je n'étais pas sans savoir aussi qu'en cas d'attaque, soit par le gouvernement ou autres, il était important d'avoir une réserve d'argent. Il n'était pas seulement important de nourrir les pauvres, il était aussi important de leur fournir les moyens et les semences nécessaires pour qu'ils puissent eux-mêmes commencer leur propre agriculture.

À l'un de mes voyages je leur ai montré aussi comment tirer l'eau, c'est-à-dire comment la trouver. Il y a de l'eau presque partout, mais il faut savoir la trouver.

La terre est comme le corps humain, elle est pleine de veines, lorsque vous en percez une, elle vous donne son contenu. Je me suis donc efforcé de trouver des personnes qui avaient le don de pouvoir faire comme moi. Ils sont devenus en demande et très riches pour leur région respective. Où je suis passé, il y a de l'eau, même aux endroits où on me disait que je n'en trouverais jamais.

En général on en trouve en moins de vingt pieds de profondeur. J'ai quand même fait promettre à ces personnes de ne pas abuser de leur pouvoir s'ils voulaient le garder pour toujours. Il va sans dire qu'on me prend pour Dieu dans plusieurs de ces endroits. J'ai fait mon possible pour leur montrer la différence entre Dieu et celui qui marche avec Dieu. Il faut vous dire aussi que là où j'ai passé, la semence de Jésus est aussi plantée.

Chapitre 6

Toujours parlant d'argent, Il aurait fallu que j'aie des millions pour pouvoir faire patenter ma douzaine d'inventions, ce qui n'était certainement pas le cas. C'est pourquoi j'ai eu l'idée de mettre une petite annonce dans les journaux et sur l'Internet; 'Homme possédant plusieurs inventions de nature importante recherche un financier honnête et sérieux, intéressé à partager à part égale. Si intéressé me rejoindre à Jacques Prince........'

Cela n'a pas traîné, il y a eu une vingtaine de réponses spontanées, mais la plus sérieuse est venue par couriel. Il y en a eu plusieurs qui me demandaient de dévoiler mes idées au téléphone et sur l'Internet. Un fou dans une poche ! Des imbéciles qui me prenaient pour un imbécile. C'est vrai qu'il y a moins de dix pour cent des inventeurs qui profitent eux-mêmes de leurs idées. Mais la réponse qui m'intéressait m'a fait sursauter quand même un petit peu.

"Viens voir ça Danielle." "Qu'est-ce que c'est?" "Regardes ! 'Très intéressé à vos idées. S'il vous plaît ne prenez pas d'engagement avant que j'aie pu voir. Si toujours disponible je prendrai l'avion ce soir et serai là à midi demain. J'attends votre réponse. Laurent.'

"Ça se pourrais-tu que ce soit le même homme?" "Cela expliquerait pourquoi il est si pressé. Il parcoure le monde entier à la recherche des idées des autres et par le fait même, il s'enrichit de chacune d'elles." "Tu n'as rien à perdre à voir ce qu'il a offrir. Cela nous a bien profité de lui répondre la première fois." "J'ai bien peur qu'il ne me laisse pas grand temps pour réfléchir." "Alors réfléchi avant de le rencontrer." "Tu as raison, c'est tout réfléchit. Je vais le rencontrer et voir ce qu'il a à m'offrir." "Alors ne perds pas de temps et réponds-lui."

"Allô Laurent, je suis intéressé à vous rencontrer si vous êtes vraiment sérieux et si je peux vous faire confiance. J'attendrai de vous voir avant tous autres. Jacques."

"S'il est aussi rapide pour ça qu'il l'a été pour votre condo, je ne devrais pas attendre très longtemps. Il y a déjà une réponse, voyons ça."

"Donnez-moi le nom et adresse de votre banque ainsi que vos coordonnées et je vous envoie dix milles dollars au comptoir. Si je suis au rendez-vous que vous me donnerez, ça sera un dépôt sur notre entente, sinon l'argent vous appartient sans aucune question. Répondez-moi si vous êtes d'accord, sinon oubliez-moi. Laurent." "Accord conclut, rendez-vous à midi au restaurant Grandma à Trois Rivières. Voici mes coordonnées.........Jacques."

Le lendemain à l'heure prévue, Laurent était au rendez-vous.

"Bonjour monsieur Charron." "Comment connais-tu mon nom de famille, je ne me souviens pas te l'avoir donné?" "Vous me l'avez donné, il y a deux ans." "Je ne me souviens pas et pourtant j'ai une bonne mémoire."

J'ai vite compris qu'il commençait à être nerveux, pensant sûrement avoir été piégé. Son chauffeur aussi s'était raidit soudainement.

"Ne craignez rien, je vous ai rencontré, il y a deux ans lorsque vous avez acheté le condo de mes épouses." "Ah oui, c'est toi qui a pris la décision pour l'une d'elles, là je me souviens. Le moins qu'on puisse dire c'est que tu peux prendre une décision rapide." "Il y a des décisions qui sont faciles à prendre." "J'ai emmené des formes de non-divulgation qui sont nécessaires dans cette sorte de transactions. Une fois qu'elles seront signées de part et d'autre, je te demande de me faire part d'une de tes idées et ça me suffira pour te faire une offre." "Votre chauffeur, ce n'est pas un sourd?" "Je ne crois pas avoir quelque chose à craindre de toi."

"Vas Jos, vas m'attendre dans la voiture, s'il te plaît?" "Vous êtes bien sûr patron?" "Oui, ça va aller Jos."

C'était clair qu'il n'était pas seulement qu'un chauffeur, il était aussi bien bâti que son patron. Il n'y avait pas de doute dans ma tête qu'il était son garde du corps.

"Vous savez déjà que j'ai une douzaine d'inventions." "Ça veux dire quoi une douzaine, douze, onze, treize?" "J'en ai treize." "Alors décris-moi l'une d'elles, pas la meilleure et pas la moins bonne." "Alors je choisirai celle-ci, regardez." "Et tu en as des meilleures?" "Oui monsieur !" "Alors je t'en offre dix millions pour toutes." "Vous voulez me faire rire monsieur, l'une d'elles vaut dix fois ce montant." "Je sais, mais ça coûte des millions juste pour les faire patenter et des millions aussi pour les mettre en marché." "Je sais tout ça, c'est même pourquoi j'ai fait appelle à quelqu'un comme vous." "Combien veux-tu alors?" "Je ne veux rien du tout, je veux dire, je ne veux pas d'argent." "Tu veux quand même quelque chose?" "Je veux une association à cinquante, cinquante." "Soixante, quarante !" "Non, cinquante, cinquante !" "Soixante, quarante et c'est ma dernière offre." "Si vous voulez me donner soixante pour cent, je ne m'y opposerai pas." "T'es pas facile à négocier, mais tu as une tête sur les épaules. Cinquante, cinquante, ça va.

Tu veux me faire part d'une autre de tes idées?" "Quand la première sera en route pour une réussite !" "Tu n'es pas facile, mais j'aime ton style, j'étais comme toi à mes débuts. D'après ce que j'ai vu, on a pas fini de faire des affaires ensemble." "Pour les dix milles, qu'est-ce qu'on fait." "Il devrait en principe me revenir, mais gardes-le en guise de bonne foi de ma part. Tu vas en entendre parler sous peu, avec moi, il n'y a rien qui traîne, j'ai ce qu'il faut pour faire bouger les choses.

Et tu as raison, ce que tu viens de m'offrir vaut dans les cent millions." "Je vous remercie, car moi j'apprécie l'honnêteté. C'est bon, je ne vous retiens pas plus longtemps, je sais que vous êtes d'une nature à ne pas perdre votre temps.

Juste un petit mot en passant, l'homme qui a forcé votre porte juste après votre acquisition du condo a changé du tout au tout depuis." "Que fait-il maintenant?" "Il répand la parole de Dieu surtout chez les prisonniers et vous ne pourriez pas le payer assez cher pour lui faire faire le mal désormais." "Cela veut dire qu'il réussira. Si tu le vois, dis-lui que je lui ai pardonné." "Je m'occupe de la note du restaurant." "Elle est déjà réglée. As-tu vu quelqu'un entrer depuis que nous sommes ici?" "Non et n'est-ce pas là une chose plutôt étrange à l'heure du dîner?" "Je n'accepte jamais d'être déranger quand je parle d'affaires." "Je vois et j'essayerai de toujours m'en souvenir. A bientôt, ce fut un plaisir de discuter avec vous." "Pour moi aussi, je te donne des nouvelles très bientôt Jacques, salut."

Ce n'est pas toujours facile de cacher ses émotions, mais je ressentais un besoin énorme de crier à pleins poumons et c'est exactement ce que j'ai fait aussitôt que j'ai eu pris le petit chemin qui conduit chez moi. J'ai arrêté mon véhicule, j'en suis sorti et j'ai crié à pleine tête pendant quatre à cinq minutes. Quand je suis arrivé chez moi, je n'avais plus de voix. Danielle essayait de me faire parler, mais je n'y arrivais pas. J'ai sorti mon stylo et j'ai écrit sur un morceau de papier; Cinquante millions.

"Jacques, ne me fais pas chier, tu n'es pas drôle du tout."

J'ai pointé du doigt le morceau de papier que je venais de lui donné.

"Ce n'est pas des farces à faire Jacques, moi je ne perdrai pas la voix, je vais perdre la tête au complet."

J'ai encore écrit; "Ce n'est pas la peine, ce n'est que de l'argent." "Attend une minute, je vais te mettre un bas de laine chaud sur la gorge. Qu'est-ce que tu as fait pour perdre la voix comme ça? Viens t'étendre, tu parleras plus tard."

Au bout d'une demi-heure la voix a commencé à me revenir lentement. Je lui ai demandé si elle avait un calment pour moi.

"Que vas-tu faire de tout cet argent?" "Je vais sûrement dépenser le premier million à faire circuler une lettre autour du monde et si ce n'est pas assez, je dépenserai le deuxième. Tu sais, il y a tant de choses que nous pouvons faire avec cet argent et ce n'est pas tout, ce montant n'est que pour une seule invention." "Et tu en as combien d'autres?" "Encore douze et celle-là j'en suis sûr n'est pas la meilleure." "Mais tu es un vrai génie." "Ce n'est pas moi qui est génial chérie, c'est Dieu. C'est Lui qui m'a donné toutes ces idées." "Personne ne voudra te croire." "Toi, tu me crois, n'est-ce pas?" "Bien sûr que je te crois, tu ne dis que la vérité." "Alors d'autres me croiront aussi.

Je vais écrire notre histoire si vous le permettez et je publierai tout. Sûrement quelques-uns finiront par croire le pouvoir de Dieu. Ils ne pourront pas faire autrement quand ils verront tout ce que Dieu a fait pour moi et pour nous tous." "Tu veux écrire notre histoire? Crois-tu vraiment que ça peut intéresser beaucoup de personnes?" "Mais chérie, il y a des milliers d'hommes qui rêvent d'avoir plus d'une femme, mais la plupart pour le faire doit divorcer et se remarier. Certains doivent le faire plusieurs fois. Ça finit par coûter cher. Certains autres sont même allés jusqu'à assassiner leur femme en pensant se libérer de cette façon.

Je dois t'avouer cependant que ce n'est pas facile de trouver deux femmes qui sont sans un soupçon de jalousie. Je sais que pour moi une relation à trois aurait été impossible si l'une de vous était jalouse." "Qu'aurais-tu fait si l'une de nous était jalouse?" "Je ne veux pas y penser, mais cela aurait été très difficile. Il m'aurait fallu choisir celle qui ne l'était pas ou encore tout simplement vous ignorer toutes les deux. Ça n'aurait certainement pas été facile." "Tu dis vouloir faire circuler une lettre autour du monde?" "Oui chérie, je l'ai écrit il y a quelques temps et il est temps maintenant que le monde en prenne connaissance. C'est ce que Dieu me demande de faire et je dois lui obéir.

Ça va mettre la bête en furie, mais ça je m'en foute complètement, je le ferai quand même." "Tu vas te faire tuer." "Je vais garder l'anonymat, comme ça, ça ne sera pas facile pour qui que se soit de me trouver. C'est peut-être pour ça que l'argent me tombe du ciel, elle servira à me défendre et peut-être même à me cacher et à changer de nom, qui s'est? Tiens, tu veux la lire?

Lettre d’un disciple de Jésus au monde entier

Si vous saviez

Ce n’est pas facile de savoir où commencer, puisqu’il y a des centaines de mensonges et de contradictions, pour ceux qui veulent les voir bien entendu. Je ferai donc de mon mieux pour étaler quelques-uns de ceux qui sont susceptibles de vous toucher ou encore de vous ouvrir les yeux, ce que Jésus aimait bien faire. Il a dit dans Matthieu 13, 25; ‘Pendant que les gens dormaient, son ennemi et il le dit que c’est le diable, est venu et a semé le mensonge qui s’est mêlé à la vérité que lui-même est venu nous annoncer.’ Ils sont là ces mensonges et je suis sûr que vous les verrez vous aussi si seulement vous vous donnez la peine de regarder. Peu importe ce que moi je dis, mais lui Jésus écourtez-le comme Dieu l’a demandé. Voir Matthieu 17, 5.

Il y en a de ces mensonges de très grands et de très flagrants.

Prenez pour exemple Jean 3, 16. Il est dit que Dieu a tant aimé le monde, alors qu’Il demande à ses disciples de se retirer du monde, de ne pas vivre dans le monde. Il nous dit ni plus ni moins que le monde est le chemin de la perdition. Il est dit que Dieu a sacrifié son fils unique, ce qui laisse sous-entendre que Jésus est son premier-né, alors qu’il est aussi écrit dans Luc 3, 38 qu'Adam est aussi premier fils de Dieu. Et finalement il est écrit que Jésus est fils unique de Dieu, alors qu'Adam est aussi fils de Dieu. Ça fait beaucoup de bagage dans un seul verset.

Maintenant il est écrit dans genèse 6, 2 et je cite; 'Les fils de Dieu virent que les filles des hommes étaient belles et ils en prirent pour femmes parmi toutes celles qu'ils choisirent.' Ce qui fait qu'il est dit ici que Dieu avait d'autres fils. Regardez aussi dans Deutéronome 32, 19; 'L'Éternel l'a vu et il a été irrité, indigné contre ses fils et ses filles.'

Alors selon tous ces écrits, il n'est pas vrai que Jésus est fils unique de Dieu. Selon les croyances chrétiennes, je serais même le frère de Dieu, puisqu'ils disent que Jésus est Dieu fait homme et ce même Jésus a dit; 'Que celui qui fait la volonté de son Père qui est dans les cieux, celui-là est mon frère, ma sœur et ma mère.' Voir dans Matthieu 12, 50.

Mais revenons à Jean 3, 16. Il est dit que Dieu a sacrifié son premier-né, puisqu'il est dit qu'il est fils unique. Lisez donc 2 Rois 16, 3; 'Et même il fit passer son fils par le feu, suivant les abominations des nations que l'Éternel avait chassé devant les enfants d'Israël.' Dieu aurait chassé des nations complètes devant les enfants d'Israël, parce qu'ils sacrifiaient leurs premiers-nés et Il aurait fait la même chose pour sauver les enfants du diable, c'est-à-dire, les pécheurs. Voir 1 Jean 3, 6 - 10.

Je vous dirai que Dieu a suscité un prophète comme Moïse pour annoncer aux nations sa parole, la façon d'être sauver, c'est la repentance, ce qui veut dire, tournez-vous vers Dieu. Voir Deutéronome 18, 18. 'Je leur susciterai du milieu de leurs frères un prophète comme toi, (Moïse) je mettrai mes paroles dans sa bouche, et il leur dira tout ce que je lui commanderai.' Ça c'est la vérité, que vous la croyez ou pas. Jésus est venu pour nous annoncer la bonne nouvelle, qu'il est possible d'être sauver par la repentance, peu importe le péché, en autant que nous nous en détournons et seul Dieu peut nous en donner la force. Ça peut être impossible à l'homme, mais rien n'est impossible à Dieu. Quand Jésus a dit à la femme adultère qu'il ne la condamnait pas, il a aussi dit; 'Va et ne pêche plus.' Jean 8, 11. Il n'aurait pas dit ces choses si cela était impossible.

Il a répété ce message à plusieurs reprises. Voir Jean 5, 14.

Il y a un message très important de Jésus dans Matthieu 24, 15; 'Quand vous verrez l'abomination en lieu saint (la sainte bible) Que celui qui lit fasse attention !' C'est ce que je vous demande, de faire attention, non pas seulement à ce que vous lisez, mais aussi à qui vous parler, parce que la bête est toujours prête à tuer.

Il y une autre abomination dont j'aimerais que vous y réfléchissiez sérieusement. Vous la trouverez dans Matthieu 1, 18. Marie, sa mère ayant été fiancée à Joseph, se trouva enceinte par la vertu du St-Esprit.' Qui n'était pas encore dans le monde. Voir. Jean 15, 26. Quand on sait que Dieu dans sa colère a presque détruit toute la terre ainsi que ses habitants, parce que les fils de Dieu virent que les filles des hommes étaient belles et ils en prirent pour femmes. Voir Genèse 6, 1 - 2. Si je comprends bien ici, on parle des anges, des esprits qui avaient des désirs sexuels. Il est possible de parler de ces choses aujourd'hui, parce que l'intelligence s'est accrue. Voir Daniel 12, 4. Nous n'avons pas besoin d'être des génies de la science pour savoir de nos jours que nous sommes témoins de ce phénomène.

C'est sûr qu'il y a des choses mystérieuses, mais il y en a d'autres qui sont très simples et faciles à comprendre. Prenez par exemple l'enlèvement de Paul. Voir Thessaloniciens 4, 16 - 17; ' Car le Seigneur lui-même, à un signal donné, à la voix d'un archange, et au son de la trompette de Dieu descendra du ciel, et les morts en Christ ressusciteront premièrement. Ensuite, nous les vivants, qui serons restés, nous serons tous ensemble enlevés avec eux sur des nuées, à la rencontre du Seigneur dans les airs, et ainsi nous serons toujours avec le Seigneur.'

Ça y ait, notre méchant moineau se retrouvera dans les airs. J'espère que vous n'avez pas le vertige si vous voulez suivre Paul. Moi, je vous dis que nous ne sommes pas morts en Christ, mais que nous sommes vivants. Puis c'est à vous de choisir si vous voulez être enlevés ou pas. Moi, je sais ce que Dieu a dit par la parole de Jésus et c'est tout le contraire de Paul. Voir Matthieu 13, 41 - 42. 'Le fils de l'homme (ce qui veut dire prophète) enverra ses anges, qui arracheront de son royaume tous les scandales et ceux qui commettent l'iniquité : Et ils les jetteront dans la fournaise ardente, où il y aura des pleures et des grincements de dent.' Alors moi et tous ceux qui ont suivi Jésus resplendiront comme le soleil dans le royaume de notre Père. Que celui ou celle qui a des oreilles pour entendre, entende. Paul l'a dit lui-même qu'il sera enlevé et vous connaissez maintenant la suite, c'est donc à vous de décider si vous voulez être enlever aussi. Il est écrit dans Matthieu 24, 37, parole de Jésus, que ce qui arriva du temps de Noé arrivera de même à l'avènement du fils de l'homme. Ce qui arriva du temps de Noé, c'est que les impies furent enlevées. Paul qui a dit qu'il sera enlevé, il a déjà prononcé son jugement.

Il a été dit par Paul et compagnie que Jésus est mort pour racheter nos péchés. Moi, je dis que si quelqu'un veut et aime nos péchés au point de donner sa vie pour les avoir, ça ce doit d'être le diable. En ce qui concerne Jésus, il a dit que si nous le suivions, nous ne mourrions jamais, c'est-à-dire que nous aurons la vie éternelle, ce qui dit clairement qu'il n'est pas mort. Puis, il nous a dit aussi ce qu'il fera à ceux qui commettent l'iniquité. Voir Matthieu 7, 23; 'Alors je leur dirai ouvertement; 'je ne vous ai jamais connu, retirez-vous de moi vous tous qui avez péché.' Jésus répète le même message quand il parle du jugement des nations Voir Matthieu 25, 31 - 46. C'est ce qu'il dit aussi dans l'explication de la parabole de l'ivraie. Matthieu 13, 41. Avez-vous encore envie de dire; on a tous péché?

Je terminerai avec deux messages différents, l'un de Paul et l'autre de Jésus.

Jésus nous a dit que pas un trait de lettre ne disparaîtra de la loi tant et aussi longtemps que le ciel et la terre existeront. Matthieu 5, 17 - 18. Dieu nous a dit, Jérémie 31, 36; 'Si ces lois viennent à cesser devant moi, dit l'Éternel, la race d'Israël aussi cessera pour toujours d'être une nation devant moi.'

Je ne sais pas si vous êtes aveuglés au point de ne pas voir le ciel et la terre ou encore de ne pas voir que la nation d'Israël existe toujours, mais la vérité est qu'ils existent toujours. Paul au contraire dit que nous ne sommes plus sous la loi, mais sous la grâce.

Il dit aussi que la loi est dépassée et même qu'elle a disparue. Voir Éphésiens 2, 15; 'Ayant anéanti par sa chair la loi des ordonnances dans ses prescriptions.'

Il y en a un autre que j'appelle une terrible sinon la pire des abominations. Nous savons que le but du diable est de condamner tout le monde. Lisez Paul dans Hébreux 6, 4. ' Car il est impossible que ceux qui ont été une fois éclairés, (comme les apôtres) qui ont goûté au don céleste, (comme les apôtres) qui ont eu part au Saint-Esprit, (comme les apôtres) qui ont goûté à la bonne parole de Dieu et les puissances du siècle à venir, (comme les apôtres) et qui sont tombés, (comme les apôtres) soient encore renouvelés et amenés à la repentance, puisqu'ils crucifient pour leur part le fils de Dieu et l'exposent à l'ignominie.'

Vérifiez vous-même. Jésus Matthieu 5, 17 - 18 versus Paul dans Romains 6, 14 et 10, 4

Jésus Matthieu 11, 19 versus Paul Galates 2, 16
Jésus Matthieu 10, 42
Jésus Matthieu 16, 27
Jacques 2, 14 - 24
Et bien d'autres

Je vous laisse donc digérer tout ça, car je sais que ça ne sera pas facile. Par contre si jamais vous en voulez un peu plus, sachez que j'ai encore plus de cinq cents références.

Souvenez-vous que je vous ai averti de faire attention à qui vous parlez. Louis Riel s'est confié à son prétendu ami, un évêque et il est mort jeune en plus d'avoir été enfermé à St-Jean de Dieu par le même homme pendant près de trois années sous prétexte de le protéger. Ils l'ont accusé de trahison contre l'état, mais en réalité il avait commis une trahison contre l'église Catholique, mais pas l'église de Jésus. L'église de Jésus ne l'aurait pas fait mourir ni condamner à mort.

Si vous parlez à quelqu'un qui a une entreprise comme une église à défendre et à protéger, ne vous attendez pas à être bienvenu ni vous ni la parole de Dieu. Jésus aussi nous a averti. Voir Matthieu 10, 16. 'Voici je vous envois comme des brebis au milieu des loups. Soyez donc prudents comme les serpents et simples comme les colombes.' Méfiez-vous, c'est très sérieux, mais cela en vaut la peine, car le travail pour Dieu n'est jamais perdu.

L'an dernier Dieu m'a fait savoir à travers un rêve que je devais vous faire connaître mes connaissances sur toutes ces choses.

Le rêve

Je pleurais et je disais à Dieu que cela ne servait à rien d'en parler à qui que soit, puisque personne, mais personne n'écoutait. Il m'a alors dit; 'Tu n'as pas à t'inquiéter pour ça, Moi, Je te demande d'en parler peu importe ce qu'ils en pensent ou ce qu'ils en disent, de cette façon tous ceux à qui tu as parlé sauront que je leur ai envoyé quelqu'un. Alors ils ne pourront pas me le reprocher. Fin du rêve.

Ce fut pour moi le plus paisible des messages que j'ai reçu de Lui, mais c'était aussi un message qui me disait; Fais-le.

Si jamais vous avez peur de perdre l'esprit ou même si on vous en accuse, vous pourrez toujours leur répondre ceci, que vous trouvez dans Matthieu 5, 29 - 30. Il vaut mieux perdre un œil ou une main que de perdre tout notre corps, moi j'ajoute qu'il vaut mieux perdre l'esprit que de perdre son âme.

Mon but avec cette lettre est de la faire circuler à la grandeur du monde et ça dans toutes les langues possibles. C'est aussi le but de Jésus et de Dieu. Voir Matthieu 28, 19 - 20. 'Allez, faites de toutes les nations des disciples, et enseignez-leur à enseigner tout ce que je vous ai prescrit. Et voici je suis avec vous tous les jours jusqu'à la fin du monde.'

Alors si vous voulez faire parti de la bande à Jésus, vous pouvez vous aussi faire plusieurs copies de cette lettre et la faire parvenir à autant de personnes que possible. Il vous est possible aussi de faire tout en votre pouvoir pour la faire arrêter et essayer de me faire exécuter. La décision vous appartient totalement et votre jugement devant Jésus (la parole de Dieu) aussi.

Bonne chance. Jésus a dit qu'il serait avec nous jusqu'à la fin des âges et vraiment la parole de Dieu est toujours là avec nous.

"Mais chéri, elle est superbe cette lettre, on dirait un prophète de l'ancien testament." "Je ne suis qu'un disciple de Jésus et rien de plus. On dirait presque nous sommes seuls au monde tellement tous semblent surpris d'entendre que ça existe un disciple. Quelqu'un qui connaît vraiment la parole de Dieu. Tu ne trouves pas ça terrible toi?" "C'est vrai, ce que tu dis là, même mes parents ont semblé dépassés par ton enseignement et ils ne sont pas des enfants d'école." "Tous ceux qui étaient confus et qui sont allés parler à leur prêtre ou à leur pasteur de ces choses-là ont bien vu que ça leur déplaisait. Le pasteur de l'église où j'allais à Westside CB. a très sévèrement averti toute la congrégation de ne pas s'approcher de moi ni de me parler. C'est très dangereux la parole de Dieu pour les églises et ça peut être contagieux. C'est pourtant une bonne église Baptiste Évangélique.

Pourquoi pensez-vous que les scribes et les pharisiens courraient après Jésus un peu partout pour le faire mourir et ils ont essayé par tous les moyens de lui faire porter la culpabilité même d'avoir travaillé le jour du sabbat? Ils l'ont accusé aussi d'avoir un démon et même d'être le diable. Regarde dans Matthieu 10, 25; 'S'ils ont appelé le maître de la maison Béelzébul, à combien plus forte raison appelleront-ils ainsi les gens de sa maison?' Il faut savoir qu'en ces jours-là on coupait la tête de celui qui se faisait prendre à ramasser un morceau de bois le jour du sabbat (samedi).

Jésus a déclaré qu'il (le diable) était un meurtrier depuis le début. Il y a quelques années j'ai planté un petit champ de patates dont je n'ai pas pu m'occuper par la suite. Quand j'y suis retourné près du temps de la récolte, je n'ai trouvé que quelques patates, car les mauvaises herbes avaient complètement envahi le jardin. Ces herbes s'élevaient à quatre pieds et demi de hauteur. Tout comme les patates n'étaient pas faciles à trouver à travers ces mauvaises herbes, la vérité n'est pas facile à trouver à travers les mensonges, mais Jésus nous a bien dit que les deux seront ensemble jusqu'à la fin du monde. Matthieu 13, 39 - 40. Si la bête avait pu se débarrasser de la vérité complètement elle l'aurait fait, mais heureusement pour nous la bête a été obligée de se servir de la parole de Dieu pour s'attirer une clientèle.

Il est malheureusement vrai aussi qu'il y a beaucoup de mensonges et très peu de vérité. La vérité est qu'on nous l'a caché la vérité tout comme Jésus l'a dit il y a de ça deux milles ans. Moi j'ai la preuve formelle que nous sommes à la fin des temps, puisque la moisson est commencée. La vérité est en train de sortir et ça ne plaira pas à la bête du tout. Si vous êtes rendu jusqu'à ces lignes, vous avez sûrement compris qui est cette bête, dont Jésus nous a parlé. Au cas où vous auriez peur, laissez-moi vous dire que la fin du monde, c'est la fin du règne du diable et le commencement de celui de Jésus (la parole de Dieu), qui lui ou elle régnera avec tous ceux qui l'ont suivi. Jésus est la parole de Dieu, c'est donc la parole de Dieu qui régnera pendant mille ans.

J'ai du mal à attendre jusqu'à là. Ça devrait être facile, puisque le diable et ses acolytes seront enchaînés pour mille ans. Penses-y pour deux secondes, plus personne pour nous faire du mal, ça sera sûrement l'enfer pour les démons. Cela en soit sera assez pour les faire grincer des dents.

Dieu a crée ce monde en six jours (six milles ans) et Il s'est reposé le septième Jour (1 mille ans) Voir 2 Pierre 3, 8. Il est clair que Dieu ne pouvait pas se reposer tant et aussi longtemps que le diable et tous ses démons étaient rampants sur la terre. Selon les prophètes, l'homme est sur terre depuis près de six milles ans et Dieu mérite largement son repos. Toutes les nations sont sur le point de connaître la vérité et je suis très heureux de pouvoir contribuer à ce travail gigantesque. Il faut dire que j'ai demandé à Dieu de m'utiliser comme Il l'entendait. Je suis heureux qu'Il m'ait fait confiance.

"Mais quand viendra-t-il chéri?" "Dieu seul le sait, selon ce que Jésus nous a dit, il ne le sait pas lui-même et c'était une bonne chose sinon les hommes l'auraient torturé à mort afin de savoir. C'est pour ça qu'il nous a demandé de veiller aux grains, d'être prêt en tout temps. Moi, je le suis." "Moi aussi je le suis." "Je sais que tu l'es et c'est pour ça que je t'ai dit à notre mariage que nous serons ensemble pour l'éternité. Vois-tu, c'est ça le royaume des cieux dont Jésus nous a parlé. Il n'y a que dans Matthieu qu'on en entend parler. Je doute que les autres aient réellement vu Jésus.

J'ai les preuves que ce royaume est de ce monde ici sur terre. Regardez vous-mêmes dans Matthieu 11, 20. 'Depuis le temps de Jean Baptiste jusqu'à présent, le royaume des cieux est forcé, et ce sont les violents qui s'en emparent.' Croyez-le ou non, les violents ne pourront pas s'emparer du royaume de Dieu. Regardez aussi dans Matthieu 12, 28. 'Le royaume de Dieu est donc venu vers vous.'

"Le plus grand bonheur que tu m'aies apporté, c'est de m'avoir fait connaître la vérité." "C'est la plus belle chose que tu m'aies dit Danielle, mon amour, je t'aime presque autant que la parole de Dieu." "Alors je sais que tu m'aimes infiniment." "Jésus est la parole de Dieu et quand il dit ; 'Celui ou celle qui aime son père ou sa mère plus que moi, n'est pas digne de moi, il dit exactement, celui qui aime son père ou sa mère plus que la parole de Dieu, n'en est pas digne. Cela a été très mal interprété. C'est la même chose pour ce qui est des petits enfants quand il dit; 'Laissez les petits enfants venir à moi. Laissez les petits enfants venir à la parole de Dieu." "Ça ne m'a jamais été présenté comme ça, Jacques tu es un vrai prophète." "Danielle je t'ai déjà dit que je n'étais qu'un disciple de Jésus. Un prophète de Dieu c'est celui qui peut prédire l'avenir avec une précision divine. Moi je propage la parole de Dieu qui nous a été donné par l'entremise de Jésus. C'est le travail d'un disciple.

Il y a beaucoup de choses qui ont été mal interprétées. La prochaine dont je parle se trouve dans Matthieu 8, 21 - 22. 'Un disciple a demandé à Jésus du temps pour aller enterrer son père et Jésus de lui répondre; 'Laisse les morts enterrer les morts, toi suis-moi.'"

"Comment les morts peuvent-ils enterrer leurs morts? Ils ne sortent quand même pas de leurs cercueils." "Mais si ça voulait dire; 'Laisse les pécheurs enterrer les cadavres.'" "C'est fort ça et ça fait du sens." "Il y a un plus grand message dans ces paroles, le vois-tu?" "C'est déjà pas mal. Je ne vois rien d'autre." "Jésus venait de dire de ce disciple, qu'il était sans péché."

"C'est bien trop vrai ça." "Il y a un autre message, le vois-tu?" "Quand même, je ne suis pas aussi aveugle, mais je suis obligée de t'avouer, je ne vois rien d'autre." "Alors laisses-moi te guérir, c'est-à-dire de t'ouvrir les yeux sur ce sujet si tu permets. Jésus venait de lui dire aussi, suis-moi, ça veux dire quoi ça?" "Bin oui, tu as encore raison, ça veux dire qu'il avait besoin de lui, un disciple sans péché et que ça pressait au point de ne pas lui laisser le temps d'enterrer son propre père et que les pécheurs pouvaient s'occuper de ça." "Je ne veux pas que tu penses que je veux te ridiculiser, mais, il y en a encore un autre." "Arrêtes-moi ça toi, quand même." "Je suis sérieux." "Qu'est-ce que c'est?" "Jésus nous dit que nous ne pouvons plus rien pour ceux qui sont décédés, alors tous ceux qui prient les morts ou pour les morts, perdent leur temps et agacent Dieu." "Celui ou celle qui n'arrivera pas à croire et à voir que tu as été éclairé se devra d'être un aveugle endurcie." "Il y en aura beaucoup, malheureusement.

Tu vois, c'est pourquoi je vais rarement aux enterrements, ça me déprime de voir tant de monde le faire. Le roi David s'est lamenté tant et aussi longtemps que son fils était mourant, mais aussitôt qu'il est mort, il s'est mis à célébrer. Voir 2 Samuel 12, 15 - 24. Le roi David connaissait Dieu." "Jacques, quand je pense que si je ne t'avais pas connu, je n'aurais probablement jamais connu la vérité, ça me donne des frissons. Dieu m'aime." "Dieu t'aime et Il t'a béni surtout parce que tu l'aimes et que tu es toujours prête à recevoir sa parole et de la faire connaître à ton tour. C'est ça la bonne semence qui tombe en bonne terre. C'est ça la lumière qui brille dans les ténèbres. Quand tu reçois et acceptes la parole de Dieu, tu reçois Jésus dans ta vie et ça, ça plaît à Dieu.

Bon c'est bien beau tout ça, mais il nous faut parler d'affaire aussi si nous voulons continuer à nourrir des pauvres dans le monde. Je ne peux pas voir à tout et continuer à faire votre bonheur, Il me faut trouver un superviseur, quelqu'un d'honnête qui peut gérer et bien déléguer. Est-ce que toi tu connaîtrais quelqu'un qui pourrait remplir ce rôle?" "Non, mais je pense que toi tu en connais un." "Je ne vois pas, qui est-ce que tu as en tête?" "Tu n'as que du bien à dire de Bernard Sinclair." "Il faudra que je lui en parle, mais auparavant, il faudra que j'en parle avec Jeannine, parce qu'en aucun cas je ne voudrais la rendre mal alaise.

Je ne veux surtout pas qu'elle ait envie de sortir ses griffes une autre fois contre lui. Quand je pense que le docteur n'avait rien à voir avec les agissements de son frère, je me le reproche encore." "Il faut apprendre à pardonner même à soi-même." "Tu as raison chérie. J'en parlerai à Jeannine ce soir et si elle est d'accord, alors j'en parlerai avec Bernard le plutôt possible. Il a sûrement besoin d'un bon job avec un bon salaire.

Bernard, comment ça va mon ami? Dis-moi qu'est-ce que tu fais comme travail ces jours-ci?" "Oh, je boss à gauche et à droite. Ce n'est pas facile de trouver du travail quand on sort de prison." "Dis-moi, est-ce que tu es bilingue?" "Pas complètement, mais je me débrouille pas mal. Mais Jacques, pourquoi toutes ces questions?" "Je cherche un homme sur qui je peux compter pour alléger mes tâches, j'en ai trop à voir." "Ce n'est pas que ce soit très important, mais ce travail consisterait à faire quoi?" "A voyager à la grandeur du pays et à assister mes employés dans quelques locations où ça ne va pas trop bien.

Pour commencer dis-moi si ça t'intéresse et si tu peux le faire." "Je pense pouvoir le faire oui, mais ça dépend aussi du salaire qui s'y attache." "Le salaire sera bon, crois-moi, mais es-tu intéressé?" "Ça m'intéresse oui, continues." "Serais-tu intéressé à prendre un cours de pilote?" "Ça oui, j'ai déjà deux ans à mon crédit. J'ai arrêté parce que je ne pouvais plus me le permettre du côté argent, mais cela a toujours été mon rêve." "Ne me dis pas que tu voulais voler du sixième étage?" "Tu ne vas pas revenir là-dessus, n'est-ce pas? Je croyais que c'était loin derrière nous." "La seule raison pour laquelle je reviens là-dessus, ce n'est pas pour te le reprocher, mais pour te prévenir que je ne veux plus que Jeannine ait envie de ressortir ses griffes. Elle t'a pardonné, mais elle ne l'a pas oublier et moi non plus." "Vous n'avez rien à craindre de moi ni un ni l'autre." "Je veux bien te croire, sinon je ne serais pas ici. Quand seras-tu prêt à commencer?"

"Quel est le salaire que tu m'offres?" "Est-ce que deux cent milles par années te suffiront?"

"Viens pas rire de moé k-lisse." "Quoi, ce n'est pas assez?" "Je n'y crois pas." "Si tu peux faire le travail que je t'offre et le faire bien ça ne sera pas trop." "Tu es sérieux, deux cent milles?" "Tu me connais assez bien pour savoir que je ne blague pas en affaire." "Dis-moi quoi faire et je commence demain, non tout de suite patron." "As-tu quelques complets et des chemises de sorties?" "Je n'ai pas une très grosse garde-robe et je n'ai pas non plus beaucoup d'argent." "Laisse faire les robes, je veux un homme qui porte les culottes." "Tu as dit ne pas blaguer en affaire." "Les affaires sont terminées, maintenant on parle des plaisirs de la vie. Je te donne une avance de cinq mille dollars pour aller t'habiller." "Tu ferais ça?" "Non, je le fais, tien voilà un chèque. Il te faut toujours avoir l'air d'un vrai monsieur. Je veux un homme qui me représente partout où il passe en mon nom. Il te faut aussi avoir une main de fer dans un gang de velours. Est-ce que tu as entendu parler de la nouvelle shop de couture sur le Chemin des Sables?" "Tu veux dire la shop aux peaux de lièvre? Oui, tout le monde en parle." "Elle m'appartient, rends-toi là demain matin et attends-moi pour neuf heures. Restes-y jusqu'à ce que j'arrive même si c'est cinq heures de l'après-midi." "J'y serai, à demain patron." "Je préfère que tu m'appelles Jacques." "D'accord Jacques, c'est comme tu veux."

Le lendemain je suis aller rencontrer Bernard à quatre heures trente de l'après-midi au rendez-vous mentionné. J'avais tout arrangé avec la contremaîtresse pour lui faire visiter les lieux et prendre connaissance de tous les articles que nous fabriquons. Je savais très bien qu'il en avait que pour quelques heures, mais il lui fallait passer son premier test. S'il ne pouvait pas obéir à un ordre du jour au lendemain, il n'était pas l'homme qu'il me fallait.

"Bonjour Bernard !" "Bonjour Jacques, tout va bien? Je me demandais si je devais attendre encore." "Tu as bien fait d'attendre, car ta position en dépendait. J'aime bien ton complet, il te va bien." "Mais je n'ai rien fait de toute la journée." "Tu as rencontré notre personnel et tu as pris connaissance de nos produits?" "Oui, mais ça n'a pas été bien long. Je ne suis pas de ceux qui aiment à être payé pour ne rien faire." "Je suis heureux de te l'entendre dire, parce que tu auras beaucoup à faire. Je te paye huit cents dollars aujourd'hui pour être certain que tu peux exécuter un ordre même si ce n'est pas plaisant.

Maintenant je veux que tu apprennes de mes méthodes, parce qu'il te faudra faire de même assez souvent et il te faudra mettre des employés à l'épreuve. La meilleure façon de savoir si un homme te sera fidèle est de lui parler des femmes. S'il peut tromper celle qui est supposée être le numéro un dans sa vie, ne t'attends pas à ce qu'il te soit fidèle, puisqu'il se trompe lui-même. S'il peut te voler cinq sous, il peut te voler cinq milles et plus. Demain tu auras une autre tâche assez facile à exécuter." "Qu'est-ce que c'est?" "Je veux que tu ailles t'enregistrer pour finir ton cours de pilot." "Ça ne devrait pas être trop difficile, surtout si j'ai l'argent pour payer. Les cours sont assez dispendieux, tu sais?" "Je veux tous les détails, les heures et les jours de cours, le prix, c'est moi qui paye. Je veux savoir combien de temps cela doit normalement te prendre." "J'ai besoin de savoir ce que j'aurai à piloter et si j'ai à voyager en dehors du pays." "Ça sera un jet de compagnie d'une cinquantaine de passagers et il te faudra voyager partout dans le monde. Je dois pouvoir compter sur toi en tout temps. Je te bâtirai une maison sur une de mes terres près de la piste d'atterrissage."

"C'est très intrigant tout ça et te connaissant, je sais que tu ne fais rien d'illégal. Je dois t'avouer Jacques, j'ai de la peine à croire à tout ça." "Comptes toutes les villes qui ont plus de cinquante milles habitants au Canada et ce sont des villes où tu devras atterrir. En attendant que tu aies ta licence tu devras prendre l'avion commercial assez souvent. J'espère que tu n'as pas peur de voler." "Très drôle !" "Tu as le droit de parler de la parole à qui veux l'entendre, mais sans t'imposer sur tes heures de travail. Tu ne peux jamais travailler pour moi le samedi à moins que ça soit absolument nécessaire et je ne parle pas d'argent. Cela va pour tous les employés quel qu'ils soient et n'importe où.

Tu sais tout comme moi que la bénédiction de Dieu nous vient avec l'obéissance de ses lois." "Oui, je sais, mais je ne me souviens plus où c'est écrit." "Voyons attends un peu que je me souvienne. C'est dans Genèse 26, 4 - 5. 'Je multiplierai ta postérité comme les étoiles du ciel. Je donnerai à ta postérité toutes ces contrées, et toutes les nations de la terre seront bénies en ta postérité. Parce qu'Abraham a obéi à Ma voix, et qu'il a observé Mes ordres, Mes commandements, Mes statuts et Mes lois.'

C'est une belle promesse. Moi Bernard, je n'arrive plus à compter toutes mes bénédictions. Dieu m'a donné huit livres que j'ai écrit jusqu'à présent, des centaines de chansons, des inventions, de la très belle musique, une famille merveilleuse, des entreprises à ne plus finir et surtout l'opportunité de pouvoir nourrir les pauvres dans le monde. À ne pas oublier non plus l'opportunité de guérir les malades spirituellement. Je prévois avoir plus de cent milles employés dans le monde en moins de cinq ans. Dieu m'a donné l'opportunité de devenir l'homme le plus riche du monde, moi qui n'ai jamais cherché la richesse. Dans les trois dernières années, il y a huit de mes ennemis qui sont morts soudainement et un autre qui est mort assassiné et je n'ai souhaité de mal à aucun d'eux. Il va sans dire que je trouve cela assez étrange." "Je dois être d'accord avec toi." "C'est comme si Dieu voulait me montrer que je ne dois rien craindre, que mes ennemis tomberont devant moi." "Ne cherches pas ailleurs, c'est sûrement la raison." "Je voulais te demander si tu as des nouvelles de Raymond?" "Pas beaucoup, il n'écrit pas souvent, mais pour ce que j'ai pu comprendre il n'est pas très heureux." "J'aimerais que tu lui envoies une lettre que j'ai écris dernièrement, dont j'espère fera le tour du monde." "Attends un peu là, est-ce que tu parles de la lettre d'un disciple au monde entier? C'est toi qui as écrit cette lettre? J'aurais dû le savoir." "Oui, mais comment as-tu su à propos de cette lettre?" "Mais je l'ai reçu et je l'ai fait parvenir à une centaine de personnes." "Est-ce que tu as pensé à ton frère?" "Non, je regrette. Il a toujours refusé de parler de ces choses-là." "Il faut lui envoyer cette lettre ne serait-ce que pour te donner une paix d'esprit. Il pourra toujours en faire ce qu'il veut." "Tu as raison Jacques, je le ferai dès demain." "Pourquoi pas aujourd'hui même? Par la même occasion demandes-lui s'il peut être intéressé par un travail dans des pays sous-développés, mais sans me mentionner, veux-tu?" "Peux-tu me dire ce que tu as en tête?" "Plus tard si tu permets. Tu peux lui dire que le salaire sera bon, mais le travail pas trop facile et souvent dans des conditions pénibles." "Tu ne veux pas que je lui dise d'où vient l'offre?" "Plus tard, car si tu lui disais, il n'aurait même pas la chance de considérer l'offre, puisqu'elle viendrait de moi, un de ses ennemis selon lui. Je ne veux surtout pas influencer sa décision. Laisses-moi savoir immédiatement s'il demande plus d'informations. Je te laisse avec ça, tiens-moi au courant de tout. Tiens, prends ce cellulaire, il est à toi pour tout ce qui concerne les affaires, mais c'est à ne pas abuser. Chaque dollar épargné ici dans notre pays peut sauver la vie d'une personne au tiers monde." "Je n'y avais jamais pensé de cette façon-là." "À bientôt, salut !"

Entre temps Laurent travaillait déjà sur ma troisième invention et il en était de plus en plus enthousiasmé. Il m'a même dit que si cette troisième était aussi couronnée de succès que les deux autres, il consacrerait tout sont temps pour mettre en marché tous mes autres inventions. Ça promet.

Sur mes terres le bois à l'aide de l'une de mes dernières inventions pousse comme des champignons, c'est-à-dire très vite. Ce n'est pas pour rien qu'en Colombie-britannique pas très loin de Vancouver le bois pousse presque à l'année longue, c'est qu'il ne gèle pas. On peut vendre notre bois à prix dérisoire à l'état brut ou encore l'exploiter de façon plus concrète. J'ai donc créé une petite manufacture de bois à onglets, de cette façon un arbre de vingt ans vaut aux environs de deux cent dollars, ce qui est dix fois plus que pour le bois de charpente. Ça vaut la peine de bien le chausser pour l'hiver.

Je n'étais pas sans savoir qu'un jour ou l'autre la bête voudrait avoir ma peau. C'est pourquoi je me suis bâti une réplique de notre maison sur une île dont je me suis procuré aux Antilles. Elle est présentement louée à un prix raisonnable à un riche industriel entre temps.

Nous avons maintenant quatre enfants qui sont d'une docilité exemplaire. Un garçon et une fille de chaque mère et ce n'est pas finit. J'ai dû adopter les enfants de Jeannine afin de leur donné un statu légal, comme ça tout le monde est comptent. Il va sans dire qu'ils commencent à poser beaucoup de questions.

Bernard fait beaucoup d'heures d'envol et une fois par mois il ramène son frère et son assistante d'un pays d'Afrique ou d'ailleurs. La destinée de Raymond est toujours où le besoin se fait le plus sentir. Je lui ai enseigné à construire des cabanes avec les panneaux d'isolation et lui à son tour montre à ces pauvres gens comment faire. Ces cabanes offrent de la fraîcheur en été et de la chaleur en hiver en plus d'être d'une imperméabilité absolue.

La lettre continue de faire son chemin et déjà les autorités pressées par les églises sont à la recherche de celui qui l'a initié. Il y a beaucoup moins de monde qui enrichit ces églises aujourd'hui et ils doivent se départir de l'or qu'ils ont accumulé pour payer leurs factures. Lorsque l'or valait trente-neuf dollars l'once le ciboire valait cent milles dollars et le calice en valait soixante milles. Là encore, il y a des milliers d'enfants qui marchent pieds nus à la grandeur du monde parce qu'ils sont trop pauvres pour se procurer des chaussures.

Aujourd'hui l'or est aux environs de quinze cents dollars l'once, c'est-à-dire trente-huit fois plus. Ce n'est pas pour rien que la plupart du temps leures portes sont fermées à double tours et qu'elles sont très solides. Ils vont faire face un jour ou l'autre à celui qui l'a inspiré cette lettre, c'est-à-dire Jésus-Christ, mon maître. Celui-là même qui a dit de ne pas accumuler des trésors dans notre grenier. Voir Matthieu 6, 19 - 20.

De Jacques Prince, disciple de Jésus qui espère que vous avez apprécié ces quelques commentaires. Bonne chance à tous et que Dieu vous inspire aussi. Histoire à suivre.